가족이란 숲이 있어서

소통과 힐링의 시 25

가족이란
숲이 있어서

신동희 시집

소통과 힐링의 시 25

가족이란 숲이 있어서

초판 인쇄 | 2022년 4월 12일
초판 발행 | 2022년 4월 15일

지은이 | 신동회

펴낸곳 | 출판이안
펴낸이 | 이인환
등   록 | 2010년 제2010-4호
편   집 | 이도경, 김민주
주   소 | 경기도 이천시 호법면 단천리 414-6
전   화 | 010-2538-8468
인   쇄 | 세종피앤피
이메일 | yakyeo@hanmail.net

ISBN : 979-11-85772-97-4 (03810)

값 11,500원

서시

해야 할 일이 많다
가족이란 숲이 있어서
힘들지만
행복한 일이다

세월 따라 즐기며
강물 따라 흘러흘러
노래할 수 있으니
아, 지금
이 황혼이 좋다

1부 지금도 함께입니다
당신이 있어 행복합니다

2부 내 마음 햇살이 비치면
내 마음 비가 와도

3부 어디로 가나
나그네들 방랑자들아

4부 지구 끝까지 가도 힘들지 않아요
우주 끝까지도 갈 수 있어요

5부 시어를 찾아 오늘도
시의 길을 걷는다

6부 지금 마음에 같이 있는 분
생각 속으로 파고 드는 분

1부

지금도 함께입니다
당신이 있어 행복합니다

사랑하는 것에 대하여

진정으로 사랑하는 이는
숙제를 대하듯
가족과 이웃을 섬긴다

결혼을 앞둔 딸에게
남편을 왕같이 대하면
왕비가 되고
돈을 벌어오는 기계로
대하면 하인처럼 되고
남편을 무시하면 분노와 폭력으로 돌아오고
남편을 항상 잘 섬기면
머리에 영광의 관을 씌워 주리라는 말이 있다
나 때는 그렇게 배웠다
지금도 그러한가

오월 가정에 달
숙제를 하는 마음으로
사랑하는 이의
마음을 챙겨봅니다

날마다 생일

"엄마가 열심히 살아 주셔서
저희들이 공부할 수가 있어요."

아, 그렇구나
힘들었던 세월
엄마로 살게 해준 아이들

부족하지만
힘들 때마다 각인되는
또 다른 삶

나는 어머니다
힘들 때마다
나를 늘
다시 태어나게 만든
그 말 한 마디

아들 며느리 손녀

언제나 언덕으로 찾아줘서 고맙다
고단하고 지칠 때 와서
문지르고
슬프고 괴로울 때
와서 비비고
즐거울 때 기쁠 때 와서 안아주고
해 저물어 밤이 되면 와서 기대며
빛을 바라 걸어 온 발자국
나 비록 낡아지고 힘이 없어도
나는 너희들이 좋다
언제나

지금은 너희들이 나의 언덕이다
그래서 더욱 좋다

달무리

새벽에 빛이 밝아졌다
없어졌다 켜졌다 작아졌다
항상 내 곁에 있는 당신
나는 잠을 자도
밤새도록 지켜주는 당신
나를 바라보는 당신

오늘도 내일도

내 마음에

냉장고 문 열을 때
옷장 정리할 때
좋아하던 열무김치에
된장찌개 비벼먹을 때도
당신은 언제나 나를 맴돕니다

같이 가던 길 함께 하던 길
갈라진 틈새에서 피어나는 꽃같이
계절 따라 풀꽃 피고 지고 할 때도
베란다 미소 짓는 난꽃
수석 속에서도 당신은 나의 햇살입니다

하늘에 떠있는 구름 속에서도
같이 했던 지난 시간 속에
그 추억에 오늘도 고추잠자리 맴돕니다
항상 발을 맞춥니다
영혼으로 가는 길잡입니다

코스모스를 볼 때마다

어느 가을 날
코스모스 씨앗을
주먹에 하나가 되면
봉지에 담고

교정 길에 뿌려
다시 피면
환하게 웃던
그 분의 모습

쓰러져도 씨를 남긴 코스모스처럼
다시 희망을 주는
추억 속에서
그 분의 사랑을 찾습니다

당신과 함께입니다

비가 올 때 우산을 씌어 주셨고
바람 불 때 옷깃으로 감싸 막아주셨고
웃을 때도 언제나 함께였습니다

어느 날 힘이 떨어져서 병실에 누워 우리 동이 불쌍해서
어떡하나 그 문으로 들어가실 때까지 걱정하던 당신은
함께였습니다
부족한 저를 감싸주신 끔찍이도 더 챙겨주셨던 당신과
의 아름다운 추억 나의 몸에 균열이 일어나 마음이 무너
졌던 암흑에서 나올 수 있었던 것은 당신의 열매들이 있
었기 때문입니다
이제는 남은 사랑의 조각들을 다듬어 가며 남은 퍼즐을
맞추며 살아갑니다

지금도 함께입니다
당신의 열매들이 있어 행복합니다
오늘도 그런 삶을 이어가고 있습니다

서랍 시계를 보면서

책임감 있게 살자
서로서로 태엽을 감아주며
토닥이던 신혼 시절
지금은 서랍 속에 잠자고 있다

한때는 째각 착각
잘도 맞물려 움직였는데
저 집 아빠 들어오니 저녁 할 때다
저 집 아빠는 시계추 같다던
이웃 분들의 목소리도 아른아른

긴 세월 시계처럼 지키던 당신
허투루 쓰지 않은 시간
세월 앞에 장사가 없네
책임감 있게 살아가자던
약속만이 영원하네
영원히

맛있는 삼겹살

아이들 어릴 때 고기 먹는 일은
쉬운 일이 아니었다
남편은 학교에서 회식을 하고 나면
다음 날은

여보 여보 함께 가자
어디로?
그냥 따라와

아이들과 함께 갔던 고깃집
아이들 좋아하고
내 먹는 모습
지그시 바라보며 좋아하던
그 모습이 그립다

당신이 자랑스럽습니다

폐허 속에서 피냄새
땀냄새 삼키며 피웠네
나라의 꽃이여

당신이 있었기에
오늘 이 아름다운
나라가 있습니다

호국원에 쾌적한 공기는
그 숨은
숨결이어라

아름다운 꽃들을 보며
이 시간
긴 호흡을 해봅니다

11월의 데이트

햇살 따스히 흐르고 구름과 함께
잔잔한 바람 살살 불어오는 11월
동으로 서로 남북으로 헤매며 걷는다
바스락바스락 들려오는 소리
낙엽 내려앉아 잠시 머물러도
그 소리 속에 담겨 있다

국화꽃향에 묻혀서
홍살문 들어가는 길
하늘은 푸르고
그 분 있는 곳 고운 단풍
곱게 곱게 물든 길
국화꽃향기 흐르는 길이다
하늘나라에 가신 그 분이다
인제는 낙엽 밟은 소리 국화꽃향기
나에게 부어 담고 들려오는
그 분의 음성과
호국원 국화꽃향기
짙은 11월

고구마

고구마전 호박전 부치다
발길 따라 산길 따라
고구마밭으로 간다
추억 따라 남편에게 간다

내 아내 내 며느리 좋아한다고
땡볕 불볕 무섭다 않고 고구마 심던 모습
주인의 발소리 듣고 자라난다며
아침 저녁 땀 흘리던 모습

알맹이 주렁주렁 싱그런 고구마
허허 허허 하하
좋아라 하던 모습

고구마 익어 입속에 들어가는 모습
좋아라 하던 모습
언제나 밝은 미소로
감싸준다

아련히 들려오는
새들 노래에
고구마 캐던
남편이 함께 한다

추억의 갈피

우리 동네 길모퉁이
예쁜 텃밭을 보면
남편이 생각난다

호박전 부추전 상추쌈
철음식 떨어지지 않게
챙겨 주시던 사랑

기운 없을 때
더욱 생각나는
그 사랑

지금도 어디서나
텃밭으로 지켜주는
그 사람

날마다 불러보고 싶은 이름

어머니, 어머니,
세월의 파도 앞에서
어머니
기도 덕분에 여기까지 왔습니다

어머니, 보고 싶은
내 어머니,
울컥 울컥 어머니 생각 날 때면
하늘나라에 있는 어머니 앞에 나아갑니다

어머니, 철없던 때
파마머리에 예쁜 양장 옷 입고 다니는
친구 엄마가 부러웠습니다
무명옷에 쪽머리한
할머니된 엄마가 부끄러웠습니다
그때 그 마음 죄송합니다

세상에 제일 소중한 어머니
나의 어머니

목련

죽었던 나무에서 햇빛을 먹고
살포시 하얀 목을 내민다
어두운 밤에도 아파트 유리창 너머로
꿋꿋이 자리 지키고 있는 목련꽃
그 몸짓은 어머니 온유한 미소 같다
긴 목을 길게 내밀어서 귀기울여주시며
우리를 반기던 어머니
고귀한 사랑 같다

확 터진 목련 꽃 아래서
두 손 모아 어머니를 그린다
사랑을 나누던
따뜻한 어머니를 만난다

호박

어머니는 가을만 되면 늙은 호박 푹 삶아서 팥 고구
마 수수쌀 넣어 범벅을 끓여주셨다 그 맛을 나는 내지
못한다 그렇지만 그 맛만은 가을이 오면 언제나 추억으
로 가지고 산다
　늙은 호박을 만나면 우리 어머니 만난 것 같아 마냥
좋다

　삐졌다 따졌다
　우리집에 놀러와
　호박국 끓여줄게
　사이좋게 지내자
　친구들과 부르던 노래도 추억에 있다

　오늘도 그 추억으로 호박국을 끓여서 가족들이 맛있
고 따뜻하게 잘 먹었다
　호박에는 항상 어머니가 살아계신다
　우리 가족은 늙은 호박국을 좋아한다

아버지의 삶

아버지는 새벽 4시경쯤 일어나셔서
사랑방 소죽 가마솥 뜨거운 물에 불을 때신다
그리고 안마당 밖마당 쓸으시고
여름에는 논물 보시고
밭도 한 바퀴 돌아보시고
아침 드시고 면으로 출근하신다

아버지는 평소 쉬지를 않으셨다
퇴근하시며 논밭 둘러 보시고 방앗간도 돌보시고
그 덕분에 우리집은 강당집으로 소문나고
지나가는 사람들 나그네들 어려운 친척들
사랑방에서 쉬어가는 집으로 사셨다

옛날 촌부자는
일부자라고 어른들에게 들었다
저녁이 되면 아이들은 밥을 먹는지
신경도 안 쓰신다

친구집에 놀러가서 엄마 아빠 모두
둘러앉아 밥 먹는 모습을 보고 너무 부러워
나는 결혼 상대는 머리만 똑똑한 집만 찾고
촌부자집으로는 시집 안 가겠다고 마음 먹었지

아버지 어머니 사시는 것이 너무 힘들어 보였지
그래서였는지 당신은 돌보시지 않으시던 아버지
일찍 하늘나라로 가셨나 보다
아련하게 생각나는 아버지 삶을 그려본다

국화꽃향기

그가 지나간
자리마다
진한 향기가 넘친다

꽃집 앞에도
시골집 앞마당에도
길가에도 강둑에도
집안에도 가득히
아늑히 흐르고 있다

그 향기가
계절만 되면
나의 마음
날마다 채어주네

사돈의 사랑

건강검진 결과
빈혈이 있다며 의사의 처방은
비트였다

안사돈에게 말했더니
잊지 않고
한 아름 안고 오셨네

바깥사돈께서 직접
씨 뿌리고 물 주어
가꾼 사랑의
비트

그 사랑
어찌 잊으리

미국 조카

객지 생활 하면서 힘들 때
고모부가 보듬어 주면
고모집은 천국 같아요
미소 짓던 조카가 꽃다발을
고모부에게 전한다

이국 생활이 힘들 텐데
어느 새 자리 잘 잡아
전화로
때로는 직접 방문해서
집안 모두에게 밥을 사주기도 하고
미국 놀러오세요
챙겨도 주니
마음의 쓰나미가
떠내려가는 것 같다
감사한 일이다

사촌 육촌이 한 마당에서

큰집 사촌언니는 84세, 내 어릴 적 일찍 시집을 가서 잘 기억이 없는데 세월에 따라 주름 잡힌 언니, 따님이 초 등학교 교장선생님이라고 하는데 어쩜 그렇게도 예쁜지, "우리 엄마 사촌 동생들 만남에 설레 잠도 설치고 나왔다 네요." 말하면서 직접 모시고 나와 점심값을 내고 근처에 있다 다시 어머니 모시고 가는 모습 정말 아름답네요.

6촌 인숙이 언니 84세, 옛날에 웬만한 사람 쳐다도 안 보고 도도했던 언니, 결혼해서 아무것도 없는 서울에 서 방 한 칸으로 시작할 때부터, 시골 집안에서는 서울 갈 일이 있을 때마다 언니집을 염두에 두고 올라가 머 물렀지만 형부 언니 다 받아 주었지. 고추장사 마늘장 사 해가면서 가정을 세웠고, 지금은 고추방앗간을 해가 면서 한 쪽에 책상 놓고 손님 없으면 형부랑 함께 연습 하여 '예술의 전당'에서 서예대전을 하셨고, 지금은 가끔 심사위원으로 일을 나가신다고 하네요. 언니는 부부교 사 아들 부부와 한 집에 살면서 새벽 3시에 일어나 새벽 기도하시고 아침 지어 놓고 방앗간 일도 보면서 손자손 녀도 직접 키웠다고 하네요. 방앗간에서 직접 짠 참기름 한 병씩 나누어 주네요. "언니 나이가 있으니까 그만하 면 안 될까?" 물으니 "나를 찾는 사람, 30년 동안의 만 남을 내려놓을 수가 없다"며 "힘을 다하는 날까지 지키 겠다"고 하네요. 지금 아들과 며느리가 교사 교수 은행

부지점장 자리에 있는데 "내가 못하면 너희들 할 수 있니?" 물어보니 "그럼요, 퇴직하면 저희가 하지요" 한다네요. 참기름 냄새가 참 고소하네요.

6촌 기숙이 언니, 공무원 아내로 형부 내조하면서 지금 아들부부가 초등학교 교장선생님이라 하네요. 조용한 언니는 한문 공부 수필 쓰시며 문화원에서 한문 선생님 하신다네요.

영자 언니 78세, 유일한 친언니 공부가 너무 하고 싶어 호랑이 할아버지 몰래 담을 타 넘고 단양서 제천까지 기차를 타고 고등학교 졸업해서 그 성격대로 시청과장으로 퇴직하여 지금은 아들 며느리와 살고 있어요.

사촌 방비 언니 78세, 결혼해서 서울 올라와 동생을 돌보면서 자녀들을 잘 키워 큰아들은 워싱턴에서 잘 살고 작은아들 훌륭한 회사 스카웃 되어 생활하는데 효자에 며느리도 착하다고 해요.

경자 조카 69세, 아가씨 땐 어른들에 말에 의하면 떠르르한 집안 딸이라고 한 아주 훌륭한 규수였고 지금도 훌륭한 딸이고 어머니입니다. 아들은 미국에서 잘 살고 있어요.

사촌 내 동생 향숙 66세, 시골에서 열심히 공부하여 숙대 약대를 나와 부부 약사로 지금까지 훌륭히 잘 살고 아들은 미국에서 부부 국제변호사 딸 사위 한국 변호사 훌륭하게 살아 가고 있네요. 사촌 동생이지만 친구 같고 사랑스러워요.

경옥이 64세 조카, 교장 선생님으로 퇴직한 남편 내조를 열심히 하고 아주 행복한 삶을 살고 있다. 시댁과 친정을 잘 살피면서 효녀 효부로 조카지만 삶이 참 예쁘네요. 조카 경옥아, 사랑한다.

언니들과 동생 조카들과 한마당에서 부딪치고 앞 냇가에서 저녁이면 목욕하고 살아온 피붙이들 지금은 덕수궁 찻집에서 아름다운 단풍물과 같이 언니들 동생들 조카들 삶이 너무 아름답네요.

안동권씨 종중이야기

조선시대 왕에게 하사받은 청담동 일대가 안동권씨 문중 땅인데 개발되면서 서울대학교를 짓고도 남았을 보상을 받았는데 "조상한테 물려받은 재산을 어떻게 혼자 쓸쏘냐?"는 소신으로 안동권씨 화천군파 종중을 세워서 후손들 장학금과 70세 이상 어르신 노령연금까지 일 년에 한 번 지급하더니 지금은 자손을 잇는 젊은이들에게 육아수당까지 지급하고 있다 후손들은 한결같이 조상과 종손 잘 만나 이런 일이 있다면서 감사하며 살고 있다

매년 4월 마지막 토요일은 전국적으로 4년제 진학한 대학생들과 부모들과 500명 가량이 대전 금산 안동권씨 문중산에서 다음 해는 시흥 문중에서 모인다 그때마다 자손들은 조상님의 은덕을 기리며 장학금 지급을 받는다 안동권씨 가장 큰 행사다

종손 어르신은 이렇게 하기 위해 5천원 이상 밥을 사먹지 않는다고 하신다 어르신 집을 방문한 적이 있어 봤더니 24평 아파트에서 꼭 필요한 도구와 전화기 한 대 그분의 겸손과 검소함을 가슴에 새기며 나는 마음 속에 늘 조상의 은덕에 감사를 드린다

2부

내 마음 햇살이 비치면
내 마음 비가 와도

의자

고맙다 힘들면
쉬어가게 해주고

공부할 땐 희망을
일터에서는 휴식을

이런저런 사람 많은데
어디서든 안식이 되고

나는 어떤 사람의 의자가 되나

생각 없이 한 일

생각 없이 던진 돌에
길 가던 사람 머리 맞는다는
어른들에게 들었던 말이 생각난다

무심코 건조기 옆에 둔 군자란
화롯불에 덴 듯
꽃대 올라오다
시들시들

어떻게 하나 미안해서
안아 주고 물주고
쓰담쓰담 토닥토닥

생각 갖고
보살피니
꽃대가 올라온다

출퇴근길 지하철에서

힘들 때 흔들릴 때
붙잡을 것만 있어도
기댈 데만 있어도
의지할 것만 있어도
간혹 빈 자리 만나면
그것이 복이다

오늘 하루 행운이다

햇빛은 누구에게나 내려주신다

내 마음 햇살이 비치면
내 마음 비가 와도
가뭄에 비처럼 기쁘다

내 마음 햇빛이 가려지면
햇살이 와도
내 마음 비가 내린다

되어 봐야 안다

되어 봐야 안다
그 나이
되어 봐야 안다

나이가 들으니
가벼운 것만 찾고
편안한 것만 찾고
속 편한 음식만 찾는 마음
그 나이 되어봐야 안다

내가 사는 곳

내가 사는 곳은 꽃길이다
안흥 주공아파트 담장 옆
할머니들과 함께 풀도 뽑고 물도 주고
접시꽃 분꽃 꽃길을 다듬어간다
콩알 반쪽도 나누는 비비는 언덕들
이곳에는 늘 반갑게 손을 흔드는
함박꽃 할미꽃이 피어 있다
자녀들이 사온 참외 딸기 떡 채소 나누며
서로 자녀 자랑을 펼쳐놓는다
시집살이 한풀이부터
그냥 이야기꽃을 피운다
서로의 둥지가 되어 시린 마음 달래주는
평상 마루에는 환한 접시꽃이 핀다
분꽃도 핀다
내가 사는 곳은 꽃길이다

산다는 것

어우렁 더우렁 살아가는 것이지
언니 걸어서 논두렁 밭두렁 밥 먹으로 가자
그래
모심은 논두렁
감자꽃 옥수수 가지 오이 토마토
정결하게 손질한 밭두렁 걸어서
콧노래 흥얼흥얼 신선한 바람 얼굴에 스쳐주네

산다는 것이 별 거 있나
이렇게 이웃과 밥 나누어 먹고
나누고 서로 다독이며
이렇게 좋아하면 사는 거지

이래저래 살다 보면
동네 웃음꽃 피어나네
우리 아파트 화단에
낮달맞이 꽃 피어나듯이

지퍼가 걸린다

오래 입은 잠바 지퍼가 넘어가지 않는다
그래서 수선집 전문가 뚝딱뚝딱
금방 부드럽게 넘어간다

시공부도 지퍼같이 걸린다
이 구절 저 구절
함께 하는 이들을 만나고 나면 부드러워진다
그래서 재미가 있다

오늘 내가 만난 걸림돌
전문가가 누굴까
그 분 찾아서 풀어보면 어떨까

오늘도 우리 인생
여정 힘들 때
지퍼가 걸린다

보름달을 보면서

달도 차면 기우나니
유행가 가사가 생각난다
지금은 조금 알아가는 것 같다

어제는 기운 달 오늘은 보름달
내일은 조금조금 떼어 주며서 조각으로
다시 채워가며 알려 주는 달

놀다가도 재미있어도
집으로 가야 하고
너무 좋다고 너무 좋아하지 말고
힘들다고 너무 치이지 말고

인생은
일하면서 지어가는 중이라고
달님은
말없이 웃어주신다

원하든 원하지 않아도

나이 먹어가는 것
하늘나라 가는 것

나의 이름은
할아버지가 지어준 이름은
경희였는데
호적일 보는 사람들이
혹 하나 잘못 써줘서
평생 원하지 않는 이름
동희로
내 인생 그리며 살고 있다

인생은 원하지 않아도
가야 하는 길
봄을 기다리면 여름도 오고
가을도 오고 겨울도 온다
언제나

나이

구부러진 나무도 나이테는 그려진다
어느 누구나 똑같이 나이는 먹는다

아플 때도 건강할 때도 똑같이 먹는다
가난한 자나 부자나 예쁜 사람이나 못난이나
똑같이 먹는다 공부 잘 하나 못 하나
부지런한 사람이나 게으른 사람이나
책을 많이 보는 사람이나
안 보는 사람도 또 한 해 나이를 먹는다
나이는 먹어간다

보이스피싱

전화벨소리
누구누구네 집인가요
느닷없이 낮고 굵은 목소리

"엄마, 나 죽으면 어떻게 해?"
확인하기 힘든 의심쩍은 비명소리 의혹도 잠시
"지금 돈을 넣지 않으면 당신 아들 사채 때문에 죽을 수
있어요. 전화를 끊거나 경찰에 신고를 해도 그땐 끝입니
다."

전화 볼모 30분 꼼짝 못하고
머리는 캄캄하고 오로지 아들 걱정
핸드폰과 검은 목소리 끌려
은행까지 갔다가 만난 청원 경찰

햇빛이 도와주었어요
아들에게 전화해서 목소리 듣고 보니
아, 하나님 감사합니다
지옥에서 천국으로

감나무

얼마 전까지만 해도
초록 빨강 노랑 주황
화려하던 나뭇잎에
바람이 팔랑팔랑
감도
주렁주렁

언제 그랬더냐
앙상한 가지만 일렁일렁
그래도 다행인 건
까치밥 서너 개
추위를 견디는 힘
끝까지
누군가를 생각하는 마음

겨울들판

잠잠히 있는 것 같지만
추우면 추운 만큼
좋은 꿈을 꾸거라

기다림의 비밀을
꼭꼭 다지고
밑거름 되어

새봄
어떻게
태어날까

놀라운 일이
일어나겠지

기우(杞憂)

날벌레들은 빙글빙글
땅에 있는 먹이를 먹을 줄 모르고
다시 한 번만 주위를 둘러만 봐도 좋을 텐데
어리석은 날벌레 습관대로 산다

사람들 생활이
하루살이 내일 걱정하는 것 같다
아무리 못 견디게 힘들어도
해는
올라오는 것을...

독거노인들의 김치

"할머니 김치 드릴까요?"
이 단체 저 단체에서 보내는 김치
"내가 김치 주면 안 될까?"
되묻는 할머니
"예?"
놀라는 봉사자
"응! 나는 젓국 넣은 김치는 안 먹어요."
"아, 아! 그러세요?"

나누는 것도
조심조심

민들레

어디서 왔기에 길가에서 방긋방긋
너는 우리집 아기같이 예쁘다
큰 나무 밑에서도
시멘트 틈 사이에서도
누군가 생각없이 침을 뱉고 간 길에도
얼굴색 변하지 않고
방글방글 방긋방긋
나는 너를 보면
어떻게 표현할지 몰라
어떻게 노래할지 몰라

오늘도 나는 안경을 쓴다

노안으로 침침해진 눈
아침에 일어나면 머리맡에
가장 가까이 있는 동반자
손으로 끌어서 귀에 걸어 안경을 쓴다

안경은 항상 나와 함께 움직인다
항상 나와 함께 있다
나의 분신이다
안경을 쓰면 글을 볼 수 있어 행복하다
안경을 쓸 때 항상 행복하다
나와 가장 가까이 있는 안경은
나와 한 곳을 바라보며
내가 보지 못하는 것을 보게 해준다

꽃도 보고 숲도 바라보는 동반자
안경은 나와 뗄 수 없는 관계
나에게는 소중한 안경
오늘도 행복한 마음으로 안경을 쓴다

겨울눈

이 눈이 쌀이라면
이 눈이 밀가루라면
빵떡 많이 만들 텐데

눈이 많이 오면
앞마당 뒷마당 친구들과 뛰면서
노래하던 어린 시절
눈사람도 만들고 쌀가루 떡도 만들고
길을 가면서도 노래하며
배고픔을 달래던 친구들
어디 살까
눈이 오면 보고 싶다

뚝방길 뽕나무

어릴 적 뽕나무는 가족의 생계였다
뽕잎을 따서 누에를 쳤다
공판장에 팔아서 학비와 생활을 하였다

나는 가끔 뽕잎을 따서
칼국수 밀어 남편 저녁 해 드렸다
와, 우리 아내 최고!
그 환한 미소 잊을 수 없다

뚝방길에 가면 뽕나무가 있다
내 사랑이 있다
활짝 웃고 있는 내 생이 있다

질긴 목숨 이야기

　나는 6.25전쟁 피난 때 단양 산골 무심촌에서 불만 켜도 몰아치는 폭격 때문에 불도 켜지 못한 채 모기 빈대 가득한 아버지 먼 친척 방 한 칸에서 큰오빠가 아궁이를 막아 가면 불을 피워 겨우겨우 태어났다고 합니다

　태어난 지 얼마 되지 않아 가족은 경북 안동으로 겨울 피난을 가야 했다고 합니다 그때 아버지는 공무원이었기에 연결이 되지 않아 어머니는 일하시는 아저씨와 마차에 쌀과 먹을거리를 싣고 작은오빠와 나를 데리고 죽령재에 넘어가다 시체들이 발에 걸리고 폭격하는 비행기에 놀라 움직이기 힘 들어 아들이라도 살리려고 어머니는 나를 포대기에 폭 싸서 마차 밑에 놓고 울면서 넘어갔다고 합니다

　하루 지나 외가친척 아저씨를 만났는데 아들만 데리고 가는 엄마를 보고 물었다고 합니다

　"아가 어찌하셨나요?"

　"죽령고개 마차밑에 놓고 왔습니다."

　어머니 말 듣고 아저씨는 메고 있는 쌀자루를 확 버리며

　"아주머니 아들 살리려고 아가를 버렸나요? 아가 버린 곳이 어디세요?"

　"죽령재 마차밑에 고깔 모자 씌워 놓았어요."

　아저씨 혼자 죽음을 무릅쓰고 달려가 보니 아가는 3일째 새파란 입술로 쌔근쌔근

　아저씨는 아가를 안고 있는 힘 다해 안동으로 가서 가족을 만났고 나는 그렇게 질긴 목숨을 살았다고 합니다

3부

어디로 가나
나그네들 방랑자들아

부모 생각

나의 기억으로 7살 때 그 시절은 아이라면 누구나 치마
저고리 입던 때였는데 청주 출장 갔다 오시면서 막내인
나에게 색동 티셔츠를 사다 주셨던 아버지 그 옷 입고
아버지 손잡고 신혼인 둘째 언니집 갔다가 너무 좋아서
밤늦도록 과자 먹고 놀다가 그 날 밤 지도를 그렸던 기
억이 납니다

나의 아버지는 일찍 하늘나라 가셨습니다
초등학교 5학년 가을에
어머니는 나를 끌어 안고 많이 우셨습니다

그 후 나는 엄마 옆에 항상 같이 있었고 엄마가 시키는
일은 군말 없이 했고 빨래 밥 물 깃기 군불 때기 척척
알아서 하니 엄마는 내 딸이 내 손이다 하며 항상 칭찬
하여 주셨습니다

해마다 모이는 반창회

니 잘 있었나?
니 잘 살았나?

원이는 친구들 챙기느라 바쁘고
얼른 와라
숙이는 기름을 치고
친구야 밥 먹자
서로서로 마음 써 주고

굽이 굽이 고향땅 구석구석 보여주네
옛날 그 집 그 사람은 없어도 친구는 있네
주인이 바뀐 그 동네
새로운 사람 채워서 돌아가고 있네

집은 높이 올라가고
연로한 어른들은 누군지 알 수 없고
바뀐 길도 알 수 없는데
고향을 지켜주는
주름진 친구들아 고맙다
너희들이 고향이구나
내년에도 또 같이 밥먹자

자전거 탈 때마다

우리 집 마당은 동네 놀이터 공놀이 고무줄놀이 비석치
기 사방치기 구슬치기 줄넘기 자전거타기 친구는 적극
적인 성격이라 겁이 있는 나의 성격을 알아 자전거를 잡
아주는 척하면서 살짝 놓고 숨어 버려 나 혼자 자전거
를 타게 했지 자전거를 놨다는 친구의 말과 동시에 넘어
지면서 배운 자전거 친구 덕분에 나는 지금도 자전거를
탈 수 있지

정숙이는 저녁 일찍 해먹고 동네 친구들 집을 돌아다니
면서 이집 저집 소식을 전하는 언니 같은 친구였는데 벌
써 몇 년 전 하늘나라 갔다는 소식을 들었지 정숙아 자
전거 탈 때면 너를 잊지 않고 살아가고 있단다

연수야
- 행복전도사1

우리는 언제부터인가
짝 잃은 기러기가 되었어
같이 있으면 편안하고
안 보면 궁금하고
시간을 같이 하는 기러기

늦은 밤
어떻게
외롭지 않아?

마음으로 보듬어 주고
버팀목
마음 써주는 기러기
같이 울고 웃고
다니고 챙기고 보고 싶고
우리 놓고 간
기러기들을 만날 때까지

숙자야
- 행복전도사2

가구도 직접 만들어
집 구석구석 장식해 놓고

헌옷도 아주 예쁜 물감으로
꽃도 만들어 솜씨를 뽐내어 입고

여행을 갔다오면 그곳에 간 것 같이
생생하게 전해주는 말꾼이 되고

쑥개떡 멸치조림 갓김치 장아찌
반찬이 열여덟 가지

숙자야 아름다운
삶을 사는 내 친구야

규옥아
- 행복전도사3

"친구야 니 생각나서
옥수수 보냈어."

"고마워 규옥아,
할머니 친구가 보낸 거라며
손녀들이 좋아라 했어."

너는 돌밭에 갔다 놔도
잘 살 것이라고 믿어주는
규옥아
니 칭찬 덕에 잘 살고 있어

나그네 4인방

어디로 가나 나그네들 방랑자들아 글쎄 그냥 가고 싶어
그럼 맛있는 것 먹자 영덕대게 먹자 노래 부르며 도착해
서 식당 선택 요리 선택 살아있는 대게를 요리사가 금방
예쁘게 만든 작품 튀겨서도 나오고 맛도 있고 먹고 또
먹고 바다구경도 하니 시간은 흐르는데 또 어디로 가나
나그네 4인방

우리나라 지도 호랑이 등선을 타자 달려서 달려서 바
다와 하늘이 맞닿은 길을 달린다 친구는 나는 운전하
며 이 아름다운 길을 꼭 한번 와보고 싶었다며 이야기
도 하고 달린다 예쁜 나그네길 바다 바람 바다길 끝없
이 달려 펼쳐지는 바다길

국도 7번길 끝까지 가면 북한까지 이어지는 길 그 길에
서 정동진에서 저녁은 어두 컴컴 숙소를 정하려고 왔다
갔다 이렇게 수많은 세월은 흘러간다

친구들과 씻고 뒹굴고 저녁에 노래도 흥얼흥얼 아침 일
찍 정동진 모래시계 공원에서 놀다 다시 부채길 바다 지
평선 끝이 없네 그 바다가 태평양으로 연결된다는 이야
기 유리난관 나그네길 바다는 수많은 세월을 담아주고
잠잠히 받아준다 바다는 곳곳이 색 다르다 검푸른 색
비취색 연한 색 바다는 흐르고 있다

친구야 우리 조각배 타고 내려 태평양까지 가자 안 돼
안 돼 하하 호호 이런 순간도 흘러 흘러 방랑생활 대관
령 가는 중 하늘목장공원 양들을 보러 갔는데 추워서
보이지 않아 메밀꽃 필 무렵 생가 들려서 다음에 오기로
예약하고 강릉 가서 회를 먹고 또 먹고 이렇게 세월은
또 흐르고

다시 평창올림픽 세계 축제 동참하는 마음으로 갔는데
선수 모두 떠나고 인생은 이처럼 수많은 흔적이 잠깐 머
물다 가는 것

인생은 재밌다 또 만나자 친구들아 언제나 한곳에 머물
지 못하고 흩어졌다 만나는 친구 4인방 청주 김포 성남
이천 나그네 4인방

시인, 복조에게

사는 게 시 같은
인생사
우리 시인의 삶 속에
덜컥 동승해서
추억의 삶을 그려보네

눈물로 본 영화

친구가 1987 보자 해서 봤는데
그 시절 나의 남편은
신문 꿰뚫어본 분이었다
그땐 시국 이야기를 해줘도
어렴풋이 나에게 부딪힌 일이 아니니까
그냥 응응
했던 시절이었다

영화를 보면서
물고문 데모
험난한 일 그때 이야기가
안개처럼 피어오면서
아련했던 마음이 쟁기질로 다가온다

우리가 꼭 알아야
할 일이구나 한 시대의 비극
그 당시 젊은 대학생들의 아픔
우리의 아들들
내 아들이라면 어땠을까
나도 이렇게 눈물이 나오는데

중앙선 기차소리

일 년에 한번 찾는 단양 모임
어릴 적 되돌아 보는 시간

친구들과 냇가에서 돌다리도 건너보고
고기도 먹고 수박도 먹어 보는데
산 밑의 중앙선 기차소리
세 시 정각 시간을 알린다

아직도 쉬지 않고
반세기가 넘도록
정각을 알리고 있다

수양개 빛터널

선사와 역사를 잇는 수양리 선사유물전시관
비밀의 정원 오만 송이 장미들
단양의 수양개 빛터널

365일 꺼지지 않는 찬란한 빛축제 무지개와 무한대의
빛터널 등불과 영상이 어우러진 환상의 거리 단양은 자
연 자체가 빼어난 절경인 데다 온몸이 녹아내리는 신식
스릴 만점의 하늘길 체험 스카이 워크 타면 바람이 함께
하고 강물이 놀아주는 천혜의 고향 짚 와이어 레일 위
에 펼쳐지는 내 안의 동심이 꿈틀꿈틀 도담삼봉의 야경
도 어린 시절 함께 산과 들에서 뒹굴며 함께 하던 친구
가 만든 절경이라네

고마워, 친구들아
고향을 아름답게 꾸미는 일들
나는 시 한 수 담아 방방곡곡 소문내야지

가을 시루떡

가을걷이 끝나면 어머니가 하신 디딜방아로 종일 아주
머니 3명과 쌀을 불려서 체로 쳐서 큰 시루 중간 시루
작은 시루 솥과 이어지는 부분에 둥글게 밀가루 번 부
쳐서 화장실도 가지 못하게 하시면서 떡을 쪄서 일 년
농사 감사 기도를 하고

접시에 떡을 담아 이웃집에 갔다 주고 오라고 심부름을
시키시면 그때마다 나는 항상 기뻤다 엄마가 떡 맛 좀 보
시래요 아주머니들은 참 이쁘다 이쁘다 칭찬 듣던 시절

가을만 되면 모락모락 피어오르는 어머니의 시루떡

모내기밥

내 어릴 적 단양 북하리 뒤뜰 우리집에는
사경 일곱 가마니 받는 큰일꾼
세 가마니 받는 작은 일꾼들이 있었다

같이 일하고 밥 먹고
모내기 하며 호무신기라고 해서
일 년에 한번 일꾼들 놀려주는 행사가 있었지

부침 부치고 들밥해서 뒷동산 공터에서
장구 치고 징 치며
깨끗한 옷 입고 온종일 같이 놀던 그 시절
그때 들밥 모심기밥 정말로 맛있다
그리운 일들이다

신단양

내가 살던 구단양은 비만 오면
집에 또 물이 들어오면 어떡하나
이고 살던 곳

하늘에서 강에서 넘치고
냇물에서 둑방으로 넘쳐
중요한 집문서 이불 싸서
산으로 올라가던
장마철 행사

그때는 첩첩산골
사람이 살지도 않았던
산꼭대기 상진리 동네
신단양
새로운 모습으로 단장했지

처음에는 썰렁했지만
지금은 아름다운 장미터널
밝은 미소 짓고 있지

옛날 보리밥

보리타작하여 햇보리를 자배기 옹기그릇에 닦는다
쓰쓰싹 쓰쓰싹 보리를 닦으면 손톱이 깎지 않아도 닳아
서 없어진다. 보리쌀 삶아서 불을 끄고 다시 30분 기다
려 다시 한번 불을 때서 퍼지면 쌀 한 움큼 씻어 가운데
안치고 감자 옆에 안쳐서 보리밥 뜸을 푹 들인다. 된장
호박 넣고 풋고추 썰어 넣고 우물에 담근 열무김치 보
리쌀 고추장 양푼에 넣어 썩썩 비벼 숟가락 들고 둘러앉
아 맛있는 보리밥 먹었지.
마지막은 서로 금을 그어서 서로 나누어 먹던 시절이 이
었지

눗재 언덕 추억

그 당시 기찻길 가는 길목이라 길 가는 사람이 많았는
데 번쩍이는 구슬 핸드백 아무도 줍지 않아 가까이 가
서 주웠어요 앞에 가는 사람들한테 아주머니 이것 아주
머니 거 아니에요 아닌데 아저씨 이것 아저씨 거 아니세
요 아닌데

만나는 사람마다 묻고 묻다 끝내 주인 찾지 못해서 무
거운 핸드백 가방까지 더욱 무거워 눗재 언덕에 앉아 궁
금해 열어 보았더니 그 안에는
아, 아, 돈 돈 돈 엄청난 돈
그때부터 가슴 콩닥 콩닥
걸음은 걸어지지 않고 머리끝이 쭈뼛쭈볏
어떡하면 좋을까
멀고 먼 역전 옆 경찰서 찾아가는 길 지금은 없어진 출
렁 다리 건너가는데 후들후들
등줄기에 진땀 가득 걸음 걸음
나 살려 훔친 건도 아닌데

겨우겨우 경찰 아저씨한테 넘겨 준 다음 집으로 오는 길
은 편안하고 가벼운 마음

얼마 뒤에 담임선생님 칭찬 받고 전교 조회 시간에 교장
선생님으로부터 옹기장수 물건 떼러 가는 돈 엄청난 돈
을 찾아 줬다고 상장을 받고 신문에도 실리고 보상금까
지 탔네요 그 상 탄 돈으로 엄마가 오빠 고등학교 등록
금 남은 돈으로 돼지 열 마리 내 옷도 한 벌 사주셨지
요

사진박사 아저씨

읍내에 가면 금성사진관
백일 돌 중매 약혼
덕희 경옥이 영희
우정사진 남기자
제일 먼저 찾은 사진관

남는 것은 사진이라던 시절
결혼 회갑 어김없이 찾아오신
금성사진관 아저씨
소풍 입학 졸업 수학여행이면
항상 따라다니던 행복의 아저씨

지금은 흘러간 옛 추억의 사진박사 아저씨
구단양 금성사진관 아저씨
큰 행사에는 항상 함께 하시며
미소를 지으시던 분
빛바랜 앨범을 넘기며
그 시절 희망과 함께 하고 있다

친구의 화가 아버지

친구 시아버님이 화가라서 덕수궁 국립현대미술관 초대
를 받았다 친구들과 함께 걸으면서 가을이라 걷기도 좋
다고 수다를 떨면서 찾게 된 미술전시관 예사롭지 않다

친구 시아버님은 부모님들이 밥 먹기 힘들다 반대하셨
는데 그림을 그리고 싶어 가출해서 절에 들어가 일하면
서 틈틈이 혼자 그림 공부를 하셨다 한다 그 곳에서 스
님의 도움으로 일본 유학을 가서 서양화와 일본화를 배
워 조선에 와서 서양화와 동양화를 넘나들며 우리나라
의 국토와 현실에 뿌리를 둔 한국화를 개척하기 위해
각 지방을 돌아다니며 화폭에 담아낸 그림들이 보기 좋
았다

우리 시아버님 이야기는 대하드라마야
친구의 이야기를 들으며 고통 많던 시대를 떠올려 본다

친구 시아버님 이야기를 들으니 아이들 꿈은 더욱 자신
이 좋아하는 것을 믿고 도와줘야 한다는 생각이 든다

아름다운 다리

고향 맑은 물 아름다운 산천 생각만 해도 가슴이 설렌다. 가슴이 뛴다.

일제 때 세워놓은 시멘트 다리 선풍기도 없고 모기가 달라붙지 않고 시원한 다리는 피난처였다. 낮에는 다리 밑에서 발 담그고 큰 솥 걸어놓고 천렵도 하고, 동네 아주머니들은 빨래도 하고, 밤에는 목욕도 하고, 다리 위에 자리 가지고 호청 이불 하나 들고 동네사람들 모여 드니, 다리 전체가 잠자리가 되고, 때로는 벼를 널어 말리고 다리는 참 사연도 많았다.

지금은 이 다리 옆에 더 큰 다리, 넓은 다리가 있다. 넓은 큰 차들 씽씽, 하지만 내 추억은 작지만 아름다운 다리에 있다. 그 당시는 크게만 보였는데, 지금은 작아만 보인다. 아름다움은 크기와 속도에 비례하는 게 아닌가 보다.

할머니와 손녀

할머니 나는 할머니 껌딱지 사랑딱지
이 말 들을 때 행복하네
그래 나두나두
언제까지 할머니 사랑할까?
100년 영혼까지
할머니가 되어도 껌딱지 사랑딱지
듣고 또 들어도 웃음꽃 피네

봉선화꽃씨

할머니 꽃물 들여 주세요
첫눈 올 때까지
손톱에 남아 있으면
첫사랑이 이루어진대요

학교에서 가져온 꽃씨
손녀와 함께
햇빛 드는 화단을
일구어 알알이 뿌렸다
물주고 날마다
시선 주면서 바라본다

손녀들은 할머니에게
무지개처럼 피어오르는
꽃씨
비바람이 불어도 떡잎은 나오고
봉선화 빨간 꽃이 예쁘게 피었다
오늘은 꽃물 들여 줘야지

손녀의 소풍

학교에서 양평 외갓집
마을로 가게 됐대요
그래서 더 좋아요

점심은 그곳에서
급식으로 나온대요
도시락 없어도 되니
더더 좋아요

돌아올 때
고구마
한 봉지 들고 왔어요

할머니, 쪄주셔요
그 한 마디에
더더더 좋아요

목화씨

이웃집 아주머니가 주셨지
검은 씨 여섯 개

아파트 화단 일궈 손녀들과 씨앗을 뿌렸지
날마다 물 주며 자라는 모습을 즐기는
어느 날

할머니 목화가 죽었어요
아니 아니 여기 좀 봐
자세히 보니 하얀 꽃이 피었더라

옛날에는 딸 있는 집 목화를 거둬서
결혼할 때 솜이불을 해줬단다
너희들도 할머니가 해줄까
호호 깔깔

내년을 위해
목화 씨 몇 개를 받아놓았다

4부

지구 끝까지 가도 힘들지 않아요
우주 끝까지도 갈 수 있어요

도깨비바늘

창문 앞에 붉은 홍시
너무 탐스러워
하나 따고 싶어 손녀와 같이
잠자리채 들고
가까이 가보니
새가 먹은 것이 보여
그냥 멈췄어요

바지에는 도깨비바늘 덕지덕지
좋은 것 같아 다가가니
유혹의 길에 빠져드니
도깨비바늘 덕지덕지

지구 끝까지

손녀와 지하철 타고
기다리다 갈아 타고
또 기다리다 갈아 타고
손녀가 아이 추워
할머니 또 기다려야 해요?
응.
할머니 아직도 멀었나요?
응.
더 기다려야 하나요?
응, 하은아. 힘들지?

아니요, 할머니랑은
지구 끝까지 가도 힘들지 않아요
우주 끝까지도 갈 수 있어요

봄비

버스를 타고 긴 시간 여행
함께 했던 추억을 나누던 희은이

할머니?
응?
오늘 동영상을 보았는데 생각하니 눈물이 나와요.
무슨 일인데?
할머니와 함께 사는 아이를 메주 냄새 난다고 친구들이
놀리는 이야기에요.
그런데 왜 눈물이 나?
나도 할머니가 길러주시잖아요.

눈가에 봄비
빗물처럼
촉촉한 눈물

봄비처럼

할머니?
응?
할머니 사랑해요
내 마음은 말랑말랑

할머니 안아주세요
안고 눈길 마주치니
보들보들
봄비처럼 촉촉
사랑이 젖어가네

이야기 생일 선물

할머니, 옛날 이야기 좀 들려주세요
뭔 이야기해 줄까? 희은이 태어날 때 이야기해 줄게

햇빛 쫘악 비치는 가을들판 황금성 융단을 깔아 놓은
길 위에 할아버지와 할머니와 함께 산책하던 중 전화벨
소리 들렸지
응앙 응앙응앙
우렁찬 세상 첫소리 저 황금빛과 함께였지
할아버지는 빨리 가자며 재촉을 하였지
희은아, 할아버지가 땅에도 놓지 않고 너를 키우신 것
주위 사람들의 말을 통해서 듣고 있지
양가의 첫 손주라
양가의 기쁨이었지
희은아, 너는 그렇게 황금같이 소중하고 기쁨이었지
이렇게 곱고 예쁘게 자라 혼자 움직이고
한 걸음 한 걸음 나아가는 네가 자랑스럽다
희은아, 할아버지가 마지막으로 내가 제일 잘 한 것은
희은이 키우다가 가는 것이다라고 한 말 기억하니
희은아, 할머니가 곁에 있는 동안 할아버지 멀리 가셨어
도 네 곁에 항상 있다는 것 잊지 말자

할머니 이야기 생일 선물 끝.

마무리

그림 그릴 때 마지막 색칠을 잘 해야
그림이 완성된다고
하은이가 미술학원에서 배운 말을 늘 한다

그래 맞아, 마지막 색칠하자 하은아
오늘 저녁도 내일을 준비하는 것이 마무리다
내일을 위해 가방 꼭 싸서
할머니 머리맡에 놓고 자거라

남은 올 한해도 하트 그림에다
감사의 마음으로
그림붓으로 채워보면 어떨까

손녀에게 배운다

할머니,
붓 없고 물감만 있으면
예쁜 그림 그릴 수 없듯이
물감이 없고 붓만 있어도
그림을 그릴 수 없다며
자기 하고 싶은 대로 살면
괴물이 된다고
선생님이 알려주셨어요

하은아,
알려줘서 고마워
나도 너에게 배우네

수선화

하은아, 수선화 꽃말 좀 알려줄래?

잘 생긴 청년이 샘을 들여다 보고는 샘에 비친 자기 얼
굴에 반해서 사랑하다 죽어서 그 자리에 핀 꽃이 수선
화래요
꽃말은 자기 사랑, 자존심, 고결, 신비래요.

수선화 하나로 어린 손녀에게 배우는 시간
나 자신을 거울로 바라보는 시간
내 마음 티와 흠과 상처가 있고
주름진 얼굴 생명의 꽃을 보았네

재잘재잘 손녀 얼굴에
예쁜 수선화 피었네

희은에게

고개 넘기 힘들지
구비구비 산을 넘으려면 힘들지
언니로 산다는 것이
그 산을 넘으면 동생이 보인다

할머니는 너를 믿는다
할머니는
뒤에서 응원하며 기도할게

시간은 기다려 주지 않는다

할머니도 잡아놓을 수가 없구나
흐르는 시간은
씨앗이 싹으로 싹이 떡잎으로
떡잎이 꽃으로 꽃이 열매로
이렇게 이렇게
휘익 휙
흐르는 시간은
할머니도 잡아놓을 수가 없구나

시간은 보이지도 않는다
보이지 않는 것들을 어떻게 잡나
이 순간 바로 이 시간이
가장 소중한 시간이다

씨에 물 주듯이 꿈에 물 주며 잘 길러 보자
시간은 멈출 수 없으니 놀 때는 놀고
공부할 때는 공부하고
좋은 날은 함께 하고

하하 손녀들아
흐르는 시간은
할머니도 잡아놓을 수가 없구나
시간은 기다려 주지 않는다

손녀들에게

우리 새들 방황하지 말라고
밝은 나뭇가지
둥지를 틀어 혼자가 아니라고
선한 뜻 품은 따뜻한 둥지에
아기새들 짹짹

저 아름다운 빛을 바라 봐
선한 마음 품어 봐
그 빛 둥지에서 품어봐
한눈 팔지 마

지나간 상처 스쳐가는
바람에 날려보내고
토닥토닥
둥지 빈 자리 채워주고 싶네

네잎클로버

할머니 친구들이 그랬는데 네잎클로버 찾으면 행운이 들
어온다고 해요
찾으러 가요 손을 잡는다
손을 잡고 무리무리 뭉쳐있는 세잎클로버 속에서 네잎
클로버를 찾아다녔다
긴 시간 헤매다 세 개씩이나 찾아 손에 쥐어주니
좋아 좋아한다

희은아 하은아 네잎클로버 행운이지만
세잎클로버는 행복이란다
할머니도 어렸을 때 네잎클로버 찾으면서 헤매었지
세잎클로버 속에서 네잎클로버 찾는 긴 세월
친구들이 네잎클로버 찾으면 부러워도 했었지
지금 할머니가 되고 보니 어쩌다 보이는 네잎클로버 행
운보다
항상 보이는 세잎클로버 행복은 어떨까

언덕에 무리무리 뭉쳐있는 클로버 위로 햇살이 따사롭
다
일상이 그 날이 그 날 같은
너희들이 있으니
오늘도 행복하구나

손녀 혼낸 날

혼나는 아이들은 눈물이 뚝뚝
그 눈물을 보는 할머니는
날밤 새우는 형벌 새벽 네 시
마음만 쓰리고 아프다
아파서 기도하지

선한 싸움으로 이기길 울다 잠이 든
아이들 얼굴도 매만져 보고
옛날 너희 아빠도 매를 대고 나면
아팠던 생각이 난다
그 날도 밤새운 날이었지

손녀들 사춘기

할머니! 할머니한테
잘 해야 하는데
나도 모르게 짜증이 나요
죄송해요 미안해요

아유, 공사 중이구나
할머니가 완공하는 시기까지
기다릴게
꽃샘바람 지나면
꽃봉오리
피어오르듯이

하은아, 고마워

할머니와 함께 하려면
포기할 것이 많아요
할머니는 에어콘 선풍기도 싫다 침대도 싫다
할머니와 함께 하려면
에어콘 선풍기는 포기할 수 있는데
예쁜 침대는 포기하려니 눈물이 나요
그래도 침대 포기할래요
침대보다 할머니가 좋아요
할머니도 우리들 때문에 버리는 것이 많잖아요
할머니 사랑해요

태풍

할머니가 꾸중을 하면 "제 생각이 짧아서 그랬어요 저
좀 잘 키워주세요" 하던 손녀에게 태풍이 몰아쳤다
희은아 태풍은 꼭 필요한 것이라는 것 알지? 태풍이 몰
아쳐서 바닷물이 뒤집혀야 산소도 들어가고 바닷속이
썩지 않는다고 한다더라
희은이가 건강하기 위한 과정이라는 것을
할머니는 기도하고 있단다
아기가 배밀이 하고 뒤집고 안고 서고 하듯이
할머니는 기다릴게
토닥토닥
희은아 동생이 텔레비전 보면 적당히 보라고 하는 희은
이가 자랑스럽다
오늘도 할머니가 걱정하면 "생각이 짧았어요 저 좀 잘
키워 주세요"라는 말이 듣고 싶구나
너를 믿는다

감기

손녀가 기침 소리 듣고
할머니 감기 걸려서 어떡해요 하더니
물을 끓여서 유자청 꿀차 계속 타 준다
따뜻하게 드세요
밤에는 이불도 덮어주고 머리도 만져 주면서 살핀다
할머니 좀 어떠셔요 할머니가 아프면 저희가 슬퍼요
손녀의 사랑은 하늘의 기쁨이다
그 사랑에 감기도
날아간다

가을비 내리는 밤

우리 손녀 학원 다녀오면서
밤에 가을비 오니

할머니 보고 싶어서 슬퍼요
빨간 단풍잎 노란 은행잎 밟으며
집에 오는 중에
할머니 할머니 언제 오세요
다음 주 오실 수 있으세요

손녀들의 전화는 그리운 물줄기 타고
쓸쓸한 가을비 내리는 밤
일렁거리던 마음에
떡비 같은 정겨운 목소리

신발끈

손녀와 함께 길을 걷다가
신발끈 풀어졌다
내 마음도 신발끈처럼
풀어져 있었다

손녀의 신발끈 매듭을 매주니
운동화에 나비 한 마리 앉았다

내 마음의 매듭도 매어보니
내 마음 속에도
예쁜 나비 날아왔다

신호등 앞에서

1. 하은이에게 할머니가

길을 가다가 보았어요
고양이가 달리는
차바퀴 속에서 나왔어요
피 줄줄 다리 절뚝절뚝
머리는 아파서 꿍꿍
신호등을 잘 지켰으면
다치지 않았을 텐데
아무리 바빠도
신호등은 지켜야 좋아요

2. 할머니에게 하은이가

우리는 신호등 없이 살 수 없어요
항상 부딪히니까
신호등은 꼭 있어야 해요
고양이처럼
기다림이 없으면
우리도 부딪혀서
절뚝절뚝
꿍꿍 엉엉
앙앙 잉잉

봄이 오는 소리

양재천 겨울 찬바람 이기고
마른 풀 사이로 사이로
스며드는 바람
녹색 새싹 긴 잠 깨워준다

봄은 시냇물가에
버드나무 가지 끝에
따스한 햇살과 친구되어
봄이 오는 소리

발밑에서부터 설렘으로
멀지 않아 코끝에 스친
풀꽃 내음이 온다고
참새떼 노래 불러준다

우리 손녀
입학 기다리는
축하 노래로 들린다

5부

시어를 찾아 오늘도
시의 길을 걷는다

통하니

통통통 친구와
통하니 꽃길이 되고
소와 개도 통하니
얼굴 맞대고 좋아라

통통통 통하니
개코 위에서
나비가 나풀나풀
강아지 토끼와 통하니
마주 보고 윙크

숙제는

마음 속에 있을 땐
흔들리는 바람
하고 나면 시원한 바람

하고 나면 평안의 디딤돌
신호등 앞에 초록 직진

반짝반짝
별이 된다

시는

네모도 그렸다 동그라미도 만들고 세모도 오려본다
산을 그렸다 골짜기도 내려오고
들판을 그렸다 숲도 거닐고
꽃밭을 그렸다
나무도 올려보고
새도 그려보고 강둑도 서성이고

햇빛도 그렸다 눈도 비도 맞아보고
구름 속에도 들어가고
산에도 올라 보고
바다 위 걷기도 하고
아름다운 하늘을 날기도 하지
시는 요술쟁이

시와 나의 삶

나의 영혼의 근육이 뭉쳐 있었다
영혼의 근육을 풀어 주는
시는 마음에 말랑말랑 영감을 준다
길 가다가도 바람소리에 내 영혼이 시바람에 젖어든다
봄 여름 가을 겨울 마음에 그림도 그린다
비록 시어를 제대로 표현하지 못해도
시는 내 영혼에 설렘과 기쁨을 준다
눈물이 시냇물이 되고 강물이 되고 바닷물이 되듯이
달빛 조각도 바라보면서
그리움과 시린 마음의 상처도 기억들로 정리를 한다

시는 숨겨진 마음의 커튼을 걷어보는 시간이다
마음의 껍질을 벗겨본다
시는 이렇게 나에게 다가온다
은행 껍질을 벗기듯 하루하루의 일상과
쉼표와 함께 뜨거웠던 사랑의 이야기들을
아름다운 계절로 물들이며
시어를 찾아 오늘도 나는
시의 길을 걷는다

천사표 콩나물

아파트 마당에 콩나물 트럭
"콩나물 가져 가세요. 마음껏 가져 가세요."
아주머니 아저씨 인심도 좋다
"정말요?"
"네, 그냥 가져 가세요."
아무도 없는 터라
2층 8층 14층 경로당 봉다리 봉다리 나누고
그 이유를 물어보니
때를 놓쳐 조금만 더 자라도
상품의 가치가 떨어져
나누어 주러 왔다는 천사표 콩나물

힘들게 한 일인데 나누어 주려고 온 그분들
마음이 어떠했을까
어릴 적 농사를 지었던 부모님
가을걷이 비올 때 거둘 때 제때 못하면
어려워하시던 부모님의
속 타던 마음을 만난 것 같아
마냥 시리기만 한
나의 마음

속풀이
- 지하철에서1

지하철 옆자리 아주머니가
생전 모르는 나에게
아들 며느리 이야기
속 터질 것 같다며 털어 놓는다

6개월 가도 전화 한 통 없네요 내가 어떻게 돈을 벌어서
집도 해주고 다 해줬는데 손주들 백일반지 삼백만원짜
리도 했줬는데 이것이 결혼하기 전에는 안 그랬는데 내
이제 관심 끊을 거야 친구들도 그렇게 해주지 말라네요
아기도 봐 주지 말라네요 이제 정말 그럴 거야

아들은 내 아들인데 어떠하면 좋을까요? 저도 그러네요
아들을 다른 집 남편으로 보고 뒷일 생각해서 각별하지
않게 기다려 봐야죠 저는 애기 본 지가 십 년이 넘었어
요 힘드시죠 저도 힘들어요 그래도 가족이니 어쩌며 좋
을까요?

지하철 내리면서 구십도 인사로
확 풀렸다며 고맙다는 말로
인사를 하고 사라지는 아주머니

고부 사이
- 지하철에서2

배부른 딸 같은 새댁
친구랑 재미있는 이야기를 나눈다

"나는 시어머니에게 어머니 소리가 안 나온다."
그러면서 내가 시어머니 같았나 힐끗 바라본다. 나는 얼
떨결에 힐끗 웃음 인사할 수밖에 없었고 무안한 마음에
얼른 "한번 해봐요, 한번만 해보면 잘 될 거예요." 했더
니 "그 한 번이 힘드네요." 하면서 말을 잇는다. "한 번
더 해보세요. 그럼 좋은 일 생겨요.", "그래요? 우리 어
머니는 딸 같은 며느리를 바라는 것 같아요. 그런데 딸
같은 며느리는 없잖아요?", "그렇죠? 그러니 그냥 신이
맺어진 부모라고 생각해야죠."
때마침 도착지 알리는 소리가 대화를 끊는다

암 없지 없고 말고
딸 같은 며느리 없고 말고
지하철에 남겨둔 혼잣말
아직까지 윙윙

어떤 시골 할머니 넋두리

"에휴, 짐도 들어야 하고 다리도 아프고 몸도 아프고…."

그러면서 생면부지 내게 다가와 말을 건다.

"많이 아프세요?"

말을 받아주니

"나는 잘 살고 싶어서 열심히 일을 하다 보니 땅을 많이 사게 되었어요. 일을 많이 하다 보니 병만 생겼어요. 한 동네 어떤 집은 늘 놀고 편안하게 살더니 늙어서 노령연금까지 받아서 또 편안하게 산다니 부럽기만 한데, 나는 늙어 몸이 아파 힘이 부족하여 농사도 짓기 힘드니, 에휴, 어쩌면 좋을까요?"

다리를 끌면서 땅에 덥석 앉아서 신세 한탄을 한다.

어떤 말을 해야 할지

어떻게 대꾸를 해야 할지….

김밥집 아줌마

따뜻한 밥 기름 소금 살짝 뿌려
김을 깔고 밥알 펴서
들깻잎 단무지 당근 햄을 넣고
잽싸게 돌돌 마는 모습 신기하다

올 여름 무척 더우셨지요?

예, 좀 더웠지만
그냥 기다리니 시원해 졌네요
우리나라 사람들은 너무 급해
조금만 기다리면 되는데
김밥도 싸놓은 것 없으면
그냥 가 버려요
하지만 우리는 식은 김밥 팔 수 없어
즉석에서 싸드리지요
일 분이면 싸서 줄 텐데
그렇게 급해요

하며 웃는데
정말 일 분 안에
김밥 하나 뚝딱
역시 맛집은 뭔가 다르다
예사롭지 않은 손놀림
기다리길 참 잘 했다

고구마줄기

이천집에 오면 반겨 주시는 할머니들
어느 날은 고구마줄기 잔뜩 현관문 앞에 있네
나는 이런 사랑 받고 사니 늘 감사하다

어느 날은 한 분이 손짓하신다.
"이리 와 봐!"
"형님, 제가 무엇 잘못 했나요?"
"아니, 어디 그렇게 만날 수가 없어서 그래."
그러면서 또 고구마줄기 주시네 주신 정성 생각하면서
껍데기 한 개 한 개 까서 삶아 조물조물 무쳐 볶아서
가족들이 아주 맛있게 먹는다
손녀들이 정말 좋아한다.
"고구마줄기 또 해주세요."
"그래, 응!"
정말 감사한 분들이다.

이웃의 사랑

이따 차 타고 함께 오세요
자녀들이 외국에 있는 어르신들
추석에 외로울 것 같으니 함께 하잔다

바쁜 중에도 외로운 길
손 잡아주는 천사 같은 마음
80세 넘으신 어르신 운전해서
시골길 전원주택 길 찾기는 힘들었지만
물어물어 겨우 찾아낸 집
백일홍 알록달록 꽃과 함께
천사같이 반겨주는 젊은 내외

집 마당 산에서는 코스모스가 반기니
길 찾던 어려움은 금방 어디로 가고
사랑이 가득한 맛있는 음식과 밤하늘
외국에 있는 자녀들을 그리는
어르신 하모니카 반주에 합창하며
기뻐하는 모습이 코스모스가 춤추듯이
소녀처럼 환한 미소로 살아오고
자녀 없이 맞이하는 추석의 사랑
모두 모두 행복한 시간

어느 택시 기사의 이야기

우리나라 너무 살기 좋은 나라입니다 우리 어릴 적만 해도 돈 없어서 해달라는 것 못 해줬는데 지금 아이들은 해달라면 불편함 없이 다해 주잖아요 그러다 보니 아이들이 받을 줄만 알고 해야 할 의무라는 것을 모르는 시대 같아요 받았으면 의무라는 것을 알아야 하는데 우리 아이들 해야 할 일과 의무라는 것을 모르니 참 걱정이 됩니다 터미널 근처 보면 아이들이 담배 피우고 침 뱉고 항상 그 곳을 찾아 담배 피우는 것을 보면 안타까워요 함부로 버리는 것도 그렇고….

그래도 기사님은 그런 건강한 마음으로 사시니 행복해 보여요 아이들만 나무랄 일이 아니에요 어른들도 말이 아니에요 그냥 생각 없이 침 뱉고 담배 버리는 사람 많아요

목적지까지 오니 친절하게 가방까지 내려주시고 인사하시는 기사님 나라 걱정하는 그 마음만은 꼭 변치 마세요 요즘 애들도 열심히 사니 너무 걱정 마시고….

3월이 오면

겨우내 묻어 놓았던 김치 항아리 파내고 감자 구덩이 파
서 눈싹 살린 씨감자 밭에 심고 남은 감자 삶아 먹으면
달짜지끈

울타리 밑에 새싹 나온 움파 살짝 데쳐 무치고 파부침
부쳐 이웃 불러 막걸리 나누며 봄이 오는 소식에 도란도
란 봄빛 뜰마루에 이웃 아저씨 아주머니 한해 볍씨 담그
며 이런저런 정보 나누던 시절

앞집의 덕이 엄마는 산나물 헛잎나물 참나물 뜯어오고
나는 그 냄새가 좋아 덕이 엄마 앞에 가만히 앉아 입맛
다시면 덕이 엄마 살짝 데쳐주고

숲 가족

싱그러운 나뭇잎
어떨 땐 팔랑팔랑 춤추고
오늘은 살랑살랑

잔잔한 햇빛 아래 나뭇가지는 흔들흔들 나무 기둥 우직
이 인내하고 보이지 않는 곳에서 부모의 마음으로 수분
공급에 바쁜 뿌리들

나뭇잎과 가지는 춤추고 노래하며 많은 사람 숲이 되고
기둥과 뿌리에 감사하는 마음으로 맑은 새소리 찍찍 짹
짹

아름다운 아침 나는 이곳에서 하모니카로 리듬 맞추어
아리랑 아리랑 도라지 도라지 닐릴리아 닐릴 루루

종달새 노래하는 소리
햇살 아래
새 힘이 살아나네

가을 나들이

옛날 어른들은 밥맛 없으면
문 열고 나가서
자리 깔고 밥 먹자고 했다

나들이가 밥맛 문을 열어준다
가을 나들이 여기저기 즐거운 문을 열어준다
마음의 창문을 열고 산과 들판에
아름다운 그림을 그린다

마음에 그린다
단풍 나들이
석양과 연결되는 불타는 빛
저 빛 속에 마음을 던진다

누구나 고독의 밤은 있다

항상 혼자 있는 시간 유독
고독이 손짓할 땐 복하천을 걷는다
복하천에는 친구들이 많이 있다
냇물 건너 산 밑 공장에서는
굴뚝 연기가 피어 오른다

아련한 옛날 어머니 밥 짓는 연기가 떠오른다
뚝방길 따라 작은 집에서는
주위가 지저분해서 쓰레기 모아 아궁이에
모두 태운다면서 아저씨가 흰 이를 드러낸다
고향집 모닥불 향수가 코끝을 스친다
나의 마음 쓰레기도 함께 태운다

길가에는 아름다운 풀잎들이 포릇포릇
노란 민들레꽃이 환하게 웃는다
나뭇가지 잎새 파릇파릇
앵두꽃 봉울봉울
새들의 지저귀는 노래소리
어떤 새가 앞을 서면
뒤따라 함께 후르륵후르륵
날개짓을 하는 삶
즐거운 새들과 풀들과 꽃들과 연기냄새
햇빛 따라 잠잠한 냇물 따라
친구들과 함께 고독을 깨워낸다

값없이 받고 있는 마음상

문만 열고 나가면
받는 마음상
뚝방길 걸으면 들꽃
아기똥풀 노랑꽃이 살랑살랑 차려주는 상
연분홍 색색 영산홍 꽃
방긋방긋
흔들어주는 웃음상

멀리 지하철 지나가는
그 풍경들이
내 어린 날의 고향인 듯
내 마음 안에
남아 있는 상
내 마음 이끼 낀 마음을
닦아주는 바람이 스쳐가는 상

우리 사는 이야기

오래 사니 꽃이 예쁘게 보인다며
시할머니 시어머니 시아버지 층층시하
맏며느리로 시집 와서 많은 세월
옆도 보지 못했던 이야기를 날마다 풀어낸다

어떤 때는 숨도 쉴 수 없는 삶이
어느 날 몸으로 반응 병이 찾아와
지금 다리를 절뚝절뚝
그래도 헛되이 살지 않았다고
아들 며느리 칭찬한다

여행 갈 때도 함께 모시고 예쁜 사진도 찍어주고
옷도 사주고 주일이면 맛있는 음식도 사주고
냉장고도 살펴주는
아들 며느리가 고맙다고 만나면 재미있게 이야기한다
열 아들 며느리 안 부럽다 한다

이제는 손잡고 꽃도 바라보고
구름도 바라보고 바람도 바라보고
이웃집 꽃밭도 바라보면서 살고 싶다고 한다

노각을 무치며

새벽길 걸어 이천역 가는 중에
땀 흘려 일하는 농부가
트럭에 노각과 단호박을 싣고 있다
많이 힘드시지요
인사 한 마디 건넸더니
선뜻 갔다 잡수실래요
노각과 단호박을 듬뿍 건네주신다

나는 감사한 마음과 미안한 마음
갈 길 바쁜데 당황스런 마음
그럼에도
호박이 넝쿨째 떨어졌네요
고마운 인사를 드리고 받아 들었다
서울 가는 길 너무 무거워 가져갈 수 없어
들풀 속에 노각 10개 단호박 2개를 숨겨놓고
볼 일 마치고 돌아오는 길
풀속에 하룻밤 그대로 남아 있기에
집에 가서 구르마를 끌고 다시 가서
집에 가져와 이웃들에게 나누어 주니
노각은 정말 건강식품이라면서

껍질 까고 속은 긁어내고 뚝뚝 썰어서
소금에 10분 절여서 꼭 짜서 양념 넣고
들기름 넣고 조물조물
밥에 비벼 먹으면 아주 좋다며
무치는 법을 알려주신다

농부 덕분에 나누기도 하고 요리도 배우고
나누는 작은 삶이 행복이라는 것을
이 세상 팬데믹 세상이라도
살 만하다는 것을 일깨워준다

달맞이꽃

노란 큰 달맞이꽃 초승달 바라본다
어머니가 집 떠나는 자식 걱정하듯이
이 밤은 내가 있으니 어여어여 가라고

달맞이꽃 화알짝 등불 되어 피어 있네
걸음걸음 잘 걸어 둥근달로 빛나 달라고
초승달 떠난 서쪽을 바라보며 두 손 모으네

늦여름

늦여름은 앞마당 다지기로 시작했지
뒷동산 진흙 갖다 풀어놓고 고루 섞어
가마니 덮어 밟으며 가을걷이 준비했지

벼깨콩팥 타작 위해 평평한 마당 만들어
가을추수 준비했지 어느덧 내 나이도
추수할 때가 됐는데 무엇으로 다질까

가을 시냇물

흐르는 물속에 돌다리가 있다
돌다리 부딪치는 물은
흰 거품 내면서도 잘도 흐른다
물은 잘 하려고 하지 않는다
일마다 때마다 부딪쳐도 그냥 잠잠히 흐른다
그냥그냥 흘러 시냇물이 강물이 되겠지

나의 마음도 돌다리에 부딪힐 때가 많았지
그래도 바람 소리 듣고
풀벌레소리 들으면서 그냥그냥
어느 새 가을 시냇물 돌다리 건너고 있지

총각김치 하나에도

하루를 살아도 선택의 연속이다
그림같이 예쁘게 쌓아 놓은
총각무 앞에 선다
어떤 무를 선택할까

소금은 어느 정도로 절일까
무슨 풀국을 넣을까
어떤 육수를 넣어서 맛을 낼까
마늘 생강 어느 정도 넣을까
젓갈은 어느 것을 넣을까
고춧가루 고은 옷은
어느 정도 입힐까

총각김치 하나에도
이 마음 저 마음으로 버무려본다
하루를 살아도 선택의 연속이다

결혼

장가를 잘못 가면 집안이 망하고
시집을 잘못 가면 몸을 망친다는
어른들의 말이 무서웠다

어른들의 뜻대로 따르자고 다짐했다
지금 생각해 보니
그 순종이 참 잘한 것 같다

전쟁터에 갈 때는
한 번 기도하지만
결혼은
세 번 기도하고
하라는 그 말이 새롭다

6부

지금 마음에 같이 있는 분
생각 속으로 파고 드는 분

내가 사랑하는 것은

아파트 공사 중 현장 팻말을 보는데
먼지가 펄펄 뒤죽박죽 내리는 곳

내 마음이 이런 공사 중인
마음이었는데
그 분을 만났다

지금도 공사를 하면서 그 분과 함께 함께 걷는다
조금씩 조금씩 마음 먼지 펄펄 날리는 마음

그 분은 내가 가장 사랑하는 하나님이시다
내 마음은 언제나 공사 중

일상

세월을 선으로 그려보니 길이 되네

오늘 하루 사랑으로
나의 무릎 꿇어
기도하는 일

가스렌지 켰다 껐다
그릇도 쌓았다 펼쳤다
몇 번인가
셀 수 없는 반복적인 일상들
빨래 빨아 접었다 폈다
다리 구부렸다 폈다
얼마나 많은 일을 하는가

세월을 선으로 그려보니 길이 되네

새벽기도길

눈길 가서 바라보니
이슬 머금고 화알짝

호박꽃 분홍색 메꽃 닮은 나팔꽃
노란 달맞이꽃
밤새 하늘하늘 흔들린 코스모스
머리 쉰 강아지풀
새들도 노래로 함께

햇빛 바라보니 마주쳐 반겨주는
너희들이 마음에 쏘옥
오가는 사람들 맞아주며 웃어주고
나도 너희들 같이 들꽃 되어
외로운 사람
손잡아 주며 더불어 더불어

아침이슬

아침 길은 들꽃
들들풀들
어두운 밤 견디더니
이른 아침 이슬

진주 이슬
또르륵 또르륵
작은 소망의
방울

내 목에도 진주 이슬
구를 수 있을까
이른 새벽 알알이 맺힌
숲길을 걷는다

오늘 하루 살아냄이

밤새 안녕히 주무셨어요
아침에 서로 인사 나누던 어른들 말이 생각난다
새벽 복하천에 119차 2대가 보인다
경찰 공무원 왔다갔다
무엇인지 심각한 흐름이 흐르고 있다
조금 있으니 헬리콥터가 바람을 일으키면 날아온다
무슨 일인지 119차 옆에 내린다
조금 있더니 들것으로 헬리콥터로 옮긴다
급하게 헬리콥터 바람을 일으키며 날아간다

기적은 오늘 하루 살아냄이 기적이구나
나 홀로 중얼중얼

햇빛

내 마음 짜증 날 때도 아플 때도 오늘도 햇빛을 주신다
울고 있을 때도 웃을 때도 햇빛을 주신다
공부를 잘 한 사람에게도 못 하는 사람에게도 햇빛을
주시네
부자나 가난해도 햇빛은 똑같이 주시네
시골 농부에게도
도시 일하는 분에게도 똑같은 빛을 주시네
외국땅에도 지금 이 자리에도 햇빛을 주시네
누구에게나 은혜로 값없이 햇빛을 주시네

왜 흙으로 빚으셨을까?

금은 보석도 많은데
왜
흙으로?

금은 보석은
욕심 많은 사람들이
달려들어 찢고 뜯어가겠지

그래서 혹시?
찢지도 않고 뜯지도 않으면
아프지도 않을 테니까
흙으로 빚으셨겠지

설거지하다가

가위 나는 무엇이든지 잘 자르거든 내가 최고야
칼 내가 있어야 예쁘고 맛있게 요리할 수 있어 내가 최
고야
집게 내가 있어야 뜨거울 때 집을 수 있어 내가 최고야
숟가락 내가 없으면 밥을 먹을 수 없어
행주 내가 있어야 깨끗이 닦을 수 있어
그릇 솥 내가 없으면 밥도 할 수 없어

그래 그래
주님의 쓰임에 따라 너도 나도 다 그렇겠지

행복한 만남

얼음산이 마음속에 있었다
그때 따스한 봄빛처럼 시는 나를 안아주었다
한 줌 한 줌 녹였다

설날에 아랫집 수빈 아빠가 와보라고 해서
내려가 보았더니 그릇에 물이 흐르고 있었다
나는 순간 놀라서 미안하다며
어떻게 하면 좋겠냐 했더니
수빈 아빠가 함께 가보자고 해서
우리집에 올라와 보고는
공사를 해야 할 것 같다고 했다

나는 설날이라 올 사람이 없어서
마침 이쪽 일을 하시는 교회집사님께
전화를 걸어 좀 도와 달라고 했다

기다리는 중에 수빈 아빠는
놀라지 마세요 아이구 놀라지 마세요
공동체에서는 다 그러며 살아가는 것이라고
나를 위안을 시켜주었다

마침 집사님께서 오셔서 뚝딱뚝딱 손으로
씽크대 열어 보더니 물길을 잡아주었다
수빈이네 아빠 엄마 어려움을 함께 손을 잡아주고
위안해주셔서 고맙습니다
뚝딱 손 집사님 감사합니다

언제나 당신

지금 마음에 같이 있는 분
생각 속으로 파고 드는 분
어찌 막을 수 있으랴

어려울 때나 즐거울 때나
아무 때나 찾아와
같이 있는 분
그 힘 있어 당신이 있어
오늘도 감사하며
나는 행복합니다

9월의 둑방길

나팔꽃이 수많은 이유로 노래를 불러주네
고개 숙인 벼이삭 힘들었을 이유를
잘 견디었다고
나팔꽃이 노래 불러주네

달맞이꽃들도 잘 견디었다고
수많은 이유로 노래를 불러주네
이른 아침 활짝 웃어주네
이슬 먹은 들풀에게도 함께 해서 고맙다고
나팔꽃과 더불어 노래하네

이른 아침 새벽 기도
함께 하는 새들이
아름다운 노래로 발길을 이끄네
잘 익은 곡식 함께 하라며
둑방길 비단 펼쳐주네

청소 아주머니

아주머니 청소소리가 리듬을 타는 것 같아요
맞아 내가 하는 일이 재미있어요
노래가 나와서 청소하는 것이
어느덧 노즐은 반짝 반짝
내 마음도 시원하고
마음도 반짝

아주머니 엉덩이는 바닥에
철썩 쓰싹쓰싹
한 계단 한 계단 노즐을 닦는다
쓰쓰싹싹 쓰쓰싹싹
땀이 뚝뚝
아주머니 얼굴이 환하다

난 청소하는 것이 재미있어
이 재미로 살지
콧노래를 하고 계신다
행복은 절로절로

물놀이

할아버지 할머니 아버지 어머니
장로님 권사님 집사님
모두 모두 벗어놓고
서로서로 물을 던진다
처음에는 토닥토닥
물속에 둥둥
풍덩 풍덩
동심이 살아난다
와와
바가지 힘을 다해
청군 백군 잘 한다
우리 편 잘 한다

벗어놓고 노니 신난다
뜨거운 여름도 끄덕없다

낙엽 뒹구는 골목길에서

세월이 구르는 공처럼
바람 따라 구르는
낙엽 끝을 향해 구르고 있다

어느 새
세월의 알림을 주시니
다함없는 삶을 사시던
어머니가 그립다

단풍

하늘의 빛을 먹고
온산 붉은 이불을
펼친다

무지개도
나뭇잎에 머문다
알록달록 고운 물결친다

하나님도
좋아 좋아
이 빛 속에

내 마음도
예쁘게 예쁘게
저 산 단풍같이

얼음장 옆에도 흐르는 희망

얼음장 옆에 흐르는 냇물에서도
청둥오리 줄 지어 유유히
물 위에 떠다니고 있다

곳곳에 고집스럽게 서있는 마른 풀들도
흐르는 냇물 소리 들으며 힘을 얻는다

얼음장 옆에 흐르는 냇물은
흘러흘러 함께 하는 이웃들
모두에게 희망을 안겨준다

섬세한 모성으로 사랑의 숲을 가꾸는 시인

이인환(시인)

1. 진솔한 표현으로 가족의 사랑을 펼쳐주는 시인

우리는 수많은 사람들과 관계를 맺으며 살아간다. 관계를 잘 맺으려면 소통을 잘 해야 한다. 소통을 잘 하는 사람은 행복한 삶을 살고, 소통에 문제를 일으키는 사람은 괴로운 삶을 살 수밖에 없다. 따라서 우리는 끊임없이 소통을 잘 하기 위한 노력을 기울여야 한다. '소통과 힐링의 시'는 시를 소통의 도구로 삼아 가까운 이들이 좋아할 내용을 진솔하게 표현하고, 시를 힐링의 도구로 삼아 내면의 상처를 치유하기 위해 마음속에 품고 있는 응어리를 진솔하게 풀어내는 일을 중요하게 여기고 있다. 그런 점에서 신동희 시인을 '소통과 힐링의 시'를 통해 독자님들에게 소개할 수 있음은 정말 큰 기쁨이다.

> 진정으로 사랑하는 이는
> 숙제를 대하듯
> 가족과 이웃을 섬긴다

결혼을 앞둔 딸에게
남편을 왕같이 대하면
왕비가 되고
돈을 벌어오는 기계로
대하면 하인처럼 되고
남편을 무시하면 분노와 폭력으로 돌아오고
남편을 항상 잘 섬기면
머리에 영광의 관을 씌워 주리라는 말이 있다
나 때는 그렇게 배웠다
지금도 그러한가

오월 가정에 달
숙제를 하는 마음으로
사랑하는 이의
마음을 챙겨봅니다

- '사랑하는 것에 대하여' 전문

　　일반적으로 괴로움을 주는 사람은 가장 가까이 있는 경우가
많다. 특히 떨어질래야 떨어질 수 없는 가장 가까운 가족 중에 미
운 사람이라도 생긴다면 그 괴로움은 더욱 크기만 하다. 가깝다
는 이유로 서로를 너무 쉽게 생각해서 소통을 위한 표현은 소홀
히 하고, 상대가 그냥 알아서 해주기를 바라는 마음을 앞세우다
보니 생기는 일이다. 시인은 이것을 잘 알기에 '진정으로 사랑하
는 이는/ 숙제를 대하듯/ 가족과 이웃을 섬긴다'며 그 대안을 제
시하고 있다. 아울러 스스로 솔선수범하는 자세로 '숙제를 하는
마음으로/ 사랑하는 이의/ 마음을 챙겨봅니다' 의지를 다지며 시

와 일치하는 삶을 펼치고 있다.

　시를 시인의 삶과 결부시켜 감상하는 것을 창작론적 관점이라고 한다. 좋은 시는 창작론적 관점에서 시인의 삶과 일치하는 모습을 보인다. 시인의 시가 좋은 시로 우리 곁에 다가오는 것은 창작론적 관점으로 감상할 때 시인의 삶과 일치하는 것을 확인할 수 있기 때문이다.

　　　　"엄마가 열심히 살아 주서서
　　　　저희들이 공부할 수가 있어요."

　　　　아, 그렇구나
　　　　힘들었던 세월
　　　　엄마로 살게 해준 아이들

　　　　부족하지만
　　　　힘들 때마다 각인되는
　　　　또 다른 삶

　　　　나는 어머니다
　　　　힘들 때마다
　　　　나를 늘
　　　　다시 태어나게 만든
　　　　그 말 한 마디
　　　　　　　　　　　　　- '날마다 생일' 전문

　아이들과 소통하는 진솔한 어머니의 모습이 아름답게 다가온다. 어머니의 사랑에 대해 진솔하게 표현하는 자식의 모습도 아름답다. '힘들 때마다/ 나를 늘/ 다시 태어나게 만든/ 그 말 한 마디'라고 표현하며 아이들과 소통하는 시인의 모습은 자녀양육의 모범 공식을 잘 보여주고 있다. 전혀 티를 내지 않지만 시인은 실제로 두 아들을 소위 일류대 출신으로 훌륭하게 키우신 어머니다. 이런 사실을 알고 창작론의 관점에서 이 시를 감상하다 보면 자녀를 훌륭하게 키우는 비결이 어디에 있는지도 잘 알 수 있을 것이다.

> 언제나 언덕으로 찾아줘서 고맙다
> 고단하고 지칠 때 와서
> 문지르고
> 슬프고 괴로울 때
> 와서 비비고
> 즐거울 때 기쁠 때 와서 안아주고
> 해 저물어 밤이 되면 와서 기대며
> 빛을 바라 걸어 온 발자국
> 나 비록 낡아지고 힘이 없어도
> 나는 너희들이 좋다
> 언제나
>
> 지금은 너희들이 나의 언덕이다
> 그래서 더욱 좋다
>
>   - '아들 며느리 손녀' 전문

고령화와 더불어 핵가족화가 자리 잡으면서 노부모와 자식, 그리고 고부갈등이 사회적인 문제로 부각되고 있지만, 시인의 시

에는 이런 문제가 먼 남의 나라 이야기처럼 들릴 뿐이다. '아들 며느리 손녀를 배려하며 진솔하게 표현하는 시인의 노래에서 자식을 훌륭하게 키우는 비결을 접할 수 있을 뿐만 아니라 행복한 가족을 이루기 위해 숙제를 대하듯이 노력하는 삶의 자세를 확인할 수 있다. 백세시대에 행복한 노후를 설계하는 이들에게 귀감을 보여주는 시라고 할 수 있다.

새벽에 빛이 밝아졌다
없어졌다 켜졌다 작아졌다
항상 내 곁에 있는 당신
나는 잠을 자도
밤새도록 지켜주는 당신
나를 바라보는 당신
- '달무리' 중에서

냉장고 문 열을 때
옷장 정리할 때
좋아하던 열무김치에
된장찌개 비벼먹을 때도
당신은 언제나 나를 맴돕니다
- '내 마음에' 중에서

시인의 가슴에는 가슴 시리도록 진한 그리움이 자리 잡고 있다. 그 사랑은 시인을 지탱하게 하는 힘이기도 하지만 자칫 가슴의 웅어리로 맺힐 수도 있는 아픈 사랑이다. 하지만 시인은 그 사랑과 그리움을 진솔하게 시로 표현함으로써 상처를 풀어가며 행복한 삶을 추구하고 있다.

> 비가 올 때 우산을 씌어 주셨고
> 바람 불 때 옷깃으로 감싸 막아주셨고
> 웃을 때도 언제나 함께였습니다
>
> 어느 날 힘이 떨어져서 병실에 누워 우리 동이 불쌍해서
> 어떡하나 그 문으로 들어가실 때까지 걱정하던 당신은 함
> 께였습니다
> 부족한 저를 감싸주신 끔찍이도 더 챙겨주셨던 당신과
> 의 아름다운 추억 나의 몸에 균열이 일어나 마음이 무너졌
> 던 암흑에서 나올 수 있었던 것은 당신의 열매들이 있었기
> 때문입니다
> 이제는 남은 사랑의 조각들을 다듬어 가며 남은 퍼즐
> 을 맞추며 살아갑니다
>
> 지금도 함께입니다
> 당신의 열매들이 있어 행복합니다
> 오늘도 그런 삶을 이어가고 있습니다
>
>   - '당신과 함께입니다' 전문

이보다 더 가슴 시린 순애보가 어디에 있을까? 먼저 세상을 떠
난 남편을 향한 지극한 사랑, '당신의 열매들이 있어 행복합니다'
라는 고백에서 볼 수 있듯이 자식을 향한 무한한 사랑의 표현으
로 이어진다. 자식의 성장에 가장 큰 영향을 끼치는 것 중에 부모
의 사랑만한 것은 없다. 부모가 서로 사랑하는 모습을 보고 자

란 아이들은 저절로 사랑이 충만한 사회인으로 성장하기 마련이다. 시인이 두 아들을 훌륭하게 키운 원동력이 어디에 있는지를 잘 보여주고 있다. 국가유공자로 호국원에 홀로 잠들어 있는 남편에 대한 지극한 사랑이 아름답게 다가온다.

'가족이라는 숲이 있기에 해야 할 일이 많다'는 제목을 통해서도 알 수 있듯이 시인의 시에는 가족에 대한 사랑이 깊이 뿌리박고 있다. 남편을 소재로 한 많은 시를 통해 확인할 수 있듯이 시인은 아낌없는 사랑을 주고 떠난 남편을 항상 가슴에 품고 산다. 그것은 남편이 선물로 남겨준 문중에 대한 사랑으로도 나타난다.

> 조선시대 왕에게 하사받은 청담동 일대가 안동권씨 문
> 중 땅인데 개발되면서 서울대학교를 짓고도 남았을 보상
> 을 받았는데 "조상한테 물려받은 재산을 어떻게 혼자 쓸
> 쏘냐?"는 소신으로 안동권씨 화천군파 종중을 세워서 후
> 손들 장학금과 70세 이상 어르신 노령연금까지 일 년에 한
> 번 지급하더니 지금은 자손을 잇는 젊은이들에게 육아수
> 당까지 지급하고 있다
>   - '안동권씨 종중이야기' 중에서

가족이 나무라면 문중은 거대한 가족의 숲이다. 가족의 숲인 문중이 행복하면 그 숲을 이루는 가족은 행복할 수밖에 없다. 후손들의 백년대계를 위해서는 장학금을, 70세 이상의 노후를 위해서는 노령연금을 아낌없이 쓰는 문중이 있다는 것도 그렇지만, 그런 문중을 위해 희생하는 종손 어르신의 미담을 시로 표현해서 사랑이 넘치는 가족의 숲인 문중을 더욱 빛나게 하는 시인의 마음이 아름답게 다가온다.

2. 일상을 자아성찰의 소재로 노래하는 시인

힘들 때 흔들릴 때
붙잡을 것만 있어도
기댈 데만 있어도
의지할 것만 있어도
간혹 빈 자리 만나면
그것이 복이다

오늘 하루 행운이다
　- '출퇴근길 지하철에서' 전문

내 마음 햇살이 비치면
내 마음 비가 와도
가뭄에 비처럼 기쁘다

내 마음 햇빛이 가려지면
햇살이 와도
내 마음 비가 내린다
　　　　- '햇빛은 누구에게나 내려주신다' 전문

　시인은 절대 긍정의 삶을 노래하며 그대로 살고 있다. 지옥철
이라고 불리는 출퇴근 시간의 지하철에서도 천국을 노래하고 있
다. 해가 떴다고 우산 장수 아들을, 비가 온다고 소금 장수 아들
을 생각하며 걱정하는 것이 아니라 반대로 해가 뜨면 소금 장수
아들을, 비가 오면 우산 장수 아들을 생각하는 절대 긍정의 마음

으로 일상의 행복을 노래하고 있다.

　　　내가 사는 곳은 꽃길이다
　　　안흥 주공아파트 담장 옆
　　　할머니들과 함께 풀도 뽑고 물도 주고
　　　접시꽃 분꽃 꽃길을 다듬어간다
　　　콩알 반쪽도 나누는 비비는 언덕들
　　　이곳에는 늘 반갑게 손을 흔드는
　　　함박꽃 할미꽃이 피어 있다
　　　자녀들이 사온 참외 딸기 떡 채소 나누며
　　　서로 자녀 자랑을 펼쳐놓는다
　　　시집살이 한풀이부터
　　　그냥 이야기꽃을 피운다
　　　서로의 둥지가 되어 시린 마음 달래주는
　　　평상 마루에는 환한 접시꽃이 핀다
　　　분꽃도 핀다
　　　내가 사는 곳은 꽃길이다

　　　　　　　　　　　　　- '내가 사는 곳' 전문

　　매사를 긍정적으로 바라보니 시인이 사는 곳은 어디나 꽃길이다. 그 길은 온실에서 곱게 가꿔진 예쁜 꽃들로 장식된 길이 아니다. 시인처럼 질곡의 시대를 살아온 할머니들이 가꿔가는 꽃길이다. 그곳에는 소통이 있고, 시집살이 한풀이를 통한 힐링이 있고, 나눔이 있고, 배고픈 시절을 살아오면서 콩 한 쪽도 나눠먹는 이웃에 대한 사랑이 넘쳐 있다. 시인과 함께 하다보면 그런 꽃길을 어디에서나 걸을 수 있다. 따라서 꽃길을 걷고 싶으면 시인의 시에 물드는 시인의 곁으로 다가가면 된다.

어우렁 더우렁 살아가는 것이지
언니 걸어서 논두렁 밭두렁 밥 먹으로 가자
그래
모심은 논두렁
감자꽃 옥수수 가지 오이 토마토
정결하게 손질한 밭두렁 걸어서
콧노래 흥얼흥얼 신선한 바람 얼굴에 스쳐주네
- '산다는 것' 중에서

　행복하고 싶으면 매사에 긍정적인 사람 곁으로 가라고 했다.
시인의 시를 접하다 보면 그 향내가 스며들어 저절로 행복으로
충만하게 된다.

오래 입은 잠바 지퍼가 넘어가지 않는다
그래서 수선집 전문가 뚝딱뚝딱
금방 부드럽게 넘어간다

시공부도 지퍼같이 걸린다
이 구절 저 구절
함께 하는 이들을 만나고 나면 부드러워진다
그래서 재미가 있다

오늘 내가 만난 걸림돌
전문가가 누굴까

그 분 찾아서 풀어보면 어떨까

- '지퍼가 걸린다' 중에서

시인은 일상의 소소한 일들을 시의 소재로 삼는다. 평소에 늘 시를 시를 생각하며 살아 보니 고장난 잠바의 지퍼를 고치면서도 삶의 지혜를 발견한다. 그 지혜를 오래 간직하기 위해 시로 표현하며, 실천에 옮겨 습관으로 만들기 위해 노력하는 시인의 삶이 생생히 그려진다. 이것은 시인이 주변 사람들의 마음을 얻어가는 비법이기도 하다. 시인은 원하는 것이 있으면 상대에게 어떻게 해달라고 하기 전에 먼저 상대의 마음을 헤아려서 상대의 마음을 열기 위해 자신을 상대를 전문가로 대하는 자세를 취한다. 시인의 시를 접하다 보면 그런 시인의 삶의 자세가 저절로 스며드는 것을 느낄 수 있다. 상대를 배려해서 시로 돌려 표현해서 교훈적인 메시지를 전달하는 탁월한 기법을 발휘하고 있다.

3. 소통의 시로 행복한 관계를 맺어가는 시인

시는 예부터 아주 좋은 소통의 도구였다. 자신이 뜻하는 바를 완곡하게 표현한 이방원의 '하여가'와 정몽주의 '단심가'가 그랬고, 양반과 기생이라는 신분을 초월해서 영적으로 스승과 제자의 관계를 맺어온 화담과 황진이의 시들이 그랬다. 귀양지에서 임금을 미인에 빗대어 임금의 사랑을 구구절절이 표현해서 귀양지에서 벗어날 수 있었던 송강의 '사미인곡'은 시가 상대의 마음을 움직이는 소통의 도구로 얼마나 좋은 것인지 잘 보여주고 있다.

니 잘 있었나?
니 잘 살았나?

원이는 친구들 챙기느라 바쁘고
얼른 와라
숙이는 기름을 치고
친구야 밥 먹자
서로서로 마음 써 주고

　　　　　　　　- '해마다 모이는 반창회' 중에서

　시인도 역시 시가 얼마나 좋은 소통의 도구인지 잘 보여주고
있다. 가족뿐만 아니라 관계를 맺고 있는 모든 이들을 상대로 시
를 쓰면서 소통의 시가 보여주는 진수를 맛보고 있다. 숙제를 하
듯이 친구들의 이야기를 시로 표현하며 좋은 관계를 맺기 위해
노력하는 시인의 모습이 그대로 전해진다.

우리는 언제부터인가
짝 잃은 기러기가 되었어
같이 있으면 편안하고
안 보면 궁금하고
시간을 같이 하는 기러기

늦은 밤
어떻게
외롭지 않아?

　　　　　　　　- '연수야' 중에서

"친구야 니 생각나서
옥수수 보냈어."

"고마워 규옥아,
할머니 친구가 보낸 거라며
손녀들이 좋아라 했어."

너는 돌밭에 갔다 놔도
잘 살 것이라고 믿어주는
규옥아
니 칭찬 덕에 잘 살고 있어

- '규옥아' 전문

고유명사인 이름을 제목으로 해서 소통하는 시인을 좋아하지 않을 친구가 어디에 있겠는가? 그동안 우리 사회에 시는 생활과 동떨어진 사람들의 전유물로 여기는 분위기가 형성되어온 것이 사실이다. 지금도 시가 갖는 소통의 기능을 무시한 채 시의 미학적 기능에만 치중해서 자신들만의 세계에 빠져 일반인들이 이해하기 어려운 시를 양산하는 이들이 이런 분위기를 조성하는데 일조하고 있다. '소통과 힐링의 시'에서는 시에 대한 이런 부정적인 분위기를 해소하고, 누구나 쉽게 소통의 도구로 시를 쓰며 행복한 삶을 추구하는 세계를 지향하고 있다. 시인은 이런 '소통과 힐링의 시'에서 추구하는 시의 세계를 잘 구현하고 있다.

4. 시로 손주 양육의 모범을 보여주는 할마 시인

맞벌이 부부가 일상화되면서 '할마', '할빠'라는 신조어가 생겼다. 엄마와 아빠처럼 손주들을 양육하는 할머니 할아버지를 지칭하는 말이다. 시인도 사회활동으로 바쁜 아들 내외를 대신해서 주중에는 개포동에서 두 손녀를 돌보는 할마의 삶을 살고, 주말에는 주거지인 이천으로 돌아와 신앙생활과 개인의 여가를 보내는 생활을 하고 있다. 그러면서 틈틈이 할마로서의 삶을 시로 표현해서 소통하며 손녀들의 백년대계를 장밋빛으로 펼쳐주고 있다.

> 할머니 나는 할머니 껌딱지 사랑딱지
> 이 말 들을 때 행복하네
> 그래 나두나두
> 언제까지 할머니 사랑할까?
> 100년 영혼까지
> 할머니가 되어도 껌딱지 사랑딱지
> 듣고 또 들어도 웃음꽃 피네
>
>   - '할머니와 손녀' 전문

아이들을 양육할 때 가장 중요한 것은 아이들이 스스로 자신을 키워주는 이로부터 사랑을 충분히 받고 있음을 느끼게 해주는 것이다. 아이들에게 그런 사랑의 표현을 수시로 해주는 것이 중요한 이유다. 아이들은 그 표현을 통해 자신의 감정을 솔직하게 표현하는 법도 배워가며 올바른 사회인으로 성장해 나가는 것이다. 시인은 이를 잘 알기에 말뿐만 아니라 시로도 표현하며 손녀들이 풍부한 표현력을 키우도록 도와주고 있다. 이 시대의

할마들을 대표해서 손주 교육의 모범을 보여준다고 해도 과언이
아니다.

할머니 목화가 죽었어요
아니 아니 여기 좀 봐
자세히 보니 하얀 꽃이 피었더라

옛날에는 딸 있는 집 목화를 거둬서
결혼할 때 솜이불을 해줬단다
너희들도 할머니가 해줄까
호호 깔깔

내년을 위해
목화 씨 몇 개를 받아놓았다
　- '목화씨' 중에서

할머니 아직도 멀었나요?
응.
더 기다려야 하나요?
응, 하은아. 힘들지?

아니요, 할머니랑은
지구 끝까지 가도 힘들지 않아요
우주 끝까지도 갈 수 있어요
　　　　　　　　- '지구 끝까지' 전문

할머니와 손녀의 행복한 모습이 그대로 전해진다. 일반 독자들에게도 행복감을 안겨주는데, 당사자인 손녀들이 할머니의 시를 보면 어떻겠는가? 실제로 시인은 시를 쓰고 나면 누구보다 먼저 손녀들에게 보여주며 행복한 소통을 하고 있다. 할머니를 따라서 손녀들도 시를 쓰기도 한다. 할머니를 따라 배우며 시적 감수성을 갖춘 사회인으로 성장하고 있다. 할마 시인으로서 시를 자녀들을 위한 교육의 도구로 활용하는 시인에게 배워야 할 것이 많다.

할머니,
붓 없고 물감만 있으면
예쁜 그림 그릴 수 없듯이
물감이 없고 붓만 있어도
그림을 그릴 수 없다며
자기 하고 싶은 대로 살면
괴물이 된다고
선생님이 알려주셨어요

하은아,
알려줘서 고마워
나도 너에게 배우네

- '손녀에게 배운다' 전문

고개 넘기 힘들지
구비구비 산을 넘으려면 힘들지
언니로 산다는 것이
그 산을 넘으면 동생이 보인다

할머니는 너를 믿는다
할머니는
뒤에서 응원하며 기도할게

- '희은에게' 전문

    두 손녀를 돌보면서 사랑 표현이 한 쪽으로만 치우치면 상처를 받는 쪽이 생긴다는 것을 알기에 시인은 시를 쓰는데 있어서도 둘을 세심히 배려하고 있다. 동생에겐 동생에게 맞는 말로, 언니에겐 언니에게 맞는 말로 표현해서 아이들이 스스로 주체적인 사회인으로 성장하도록 이끌어 주는 시인의 양육방식에 절로 고개가 숙여진다. '소통과 힐링의 시를 통해서 자녀와 손주 교육을 고민하는 이들에게 어쩌면 모범 답안을 제공해 줄 수 있겠다는 생각이 드는 것은 당연한 귀결이다.

혼나는 아이들은 눈물이 뚝뚝
그 눈물을 보는 할머니는
날밤 새우는 형벌 새벽 네 시
마음만 쓰리고 아프다
아파서 기도하지

선한 싸움으로 이기길 울다 잠이 든
아이들 얼굴도 매만져 보고
옛날 너희 아빠도 매를 대고 나면
아팠던 생각이 난다
그 날도 밤새운 날이었지

- '손녀 혼낸 날' 전문

할머니! 할머니한테
잘 해야 하는데
나도 모르게 짜증이 나요
죄송해요 미안해요

아유, 공사 중이구나
할머니가 완공하는 시기까지
기다릴게
꽃샘바람 지나면
꽃봉오리
피어오르듯이

　　　　　　　- '손녀들의 사춘기' 전문

　　사회적으로 문제를 일으키는 아이들을 보면 부모로부터 사랑
을 받지 못한 경우가 많다고 생각하겠지만, 사실은 그와 반대로
지나친 사랑을 받은 아이들도 그 못지않게 많은 것이 사실이다.
물질적으로 풍요한 환경을 갖춰주는 것이 사랑이라고 생각하는
부모나 할마, 할빠들이 가장 경계해야 할 부분이다. 시인이 할마
로서 손녀들을 양육하는 방식을 익혀둘 필요가 있다. 혼낼 때는
확실히 혼을 내고 손녀들이 혼낼 수밖에 없는 할머니의 마음을
이해할 수 있도록 소통의 시로 표현해주면서 아이들이 스스로 자
신의 삶을 찾아 가도록 충분한 시간을 갖고 기다려 주는 것, 이
보다 더 좋은 자녀 교육법이 어디 있겠는가?

　　손녀가 기침 소리 듣고
　　할머니 감기 걸려서 어떡해요 하더니

물을 끓여서 유자청 꿀차 계속 타 준다
따뜻하게 드세요
밤에는 이불도 덮어주고 머리도 만져 주면서 살핀다
할머니 좀 어떠셔요 할머니가 아프면 저희가 슬퍼요
손녀의 사랑은 하늘의 기쁨이다
그 사랑에 감기도
날아간다

- '감기' 전문

　자녀를 너무 사랑하는 부모들 중에는 일방적으로 베풀려고만
하는 경우가 많다. 하지만 심리학에서는 진정으로 사랑한다면 자
녀가 어려서부터 부모를 위해서 뭔가 베풀 수 있는 기회를 자주
제공하라고 한다. 사람은 나에게 도움을 준 사람보다 내가 도움
을 준 사람에게 더 호의를 느끼고, 자신도 누군가에게 꼭 필요한
사람이라는 존재감을 느끼면서 자존감이 높은 인격체로 성장해
나간다고 한다. 감기가 걸린 할머니를 위해 유자청 꿀차를 타주
는 손녀의 마음도 아름답지만, '할머니가 아프면 저희가 슬퍼요'
라며 표현하는 그 마음은 또 얼마나 아름다운가? 손녀들의 그런
마음을 잘 받아서 이렇게 시로 표현해주면서 손녀들이 자신이 한
행동에 대해서 더 큰 성취감을 느낄 수 있도록 하는 시인의 마음
은 또한 어떠한가? 시인과 함께 하는 손녀의 앞날에 예쁜 나비가
날아드는 것이 어디 우연의 일이겠는가? 그래서 나는 시인을 소
통의 시로 손주 양육의 모범을 보여주는 할마 시인이라고 부르
는데 주저함이 없다.

　손녀와 함께 길을 걷다가

신발끈 풀어졌다
내 마음도 신발끈처럼
풀어져 있었다

손녀의 신발끈 매듭을 매주니
운동화에 나비 한 마리 앉았다

내 마음의 매듭도 매어보니
내 마음 속에도
예쁜 나비 날아왔다

- '신발끈' 전문

5. 시로 소통과 힐링의 기쁨을 펼쳐주는 시인

마음 속에 있을 땐
흔들리는 바람
하고 나면 시원한 바람

하고 나면 평안의 디딤돌
신호등 앞에 초록 직진

반짝반짝
별이 된다

- '숙제는' 전문

시인은 매사를 숙제인 것처럼 챙기며 산다. 그래서 생각하고 계획하는 일이 풀릴 때마다 반짝이는 별을 보는 기쁨을 누리고 있다. 이것은 시창작을 숙제처럼 할 때 얻을 수 있는 최고의 즐거움이다.

네모도 그렸다 동그라미도 만들고 세모도 오려본다
산을 그렸다 골짜기도 내려오고
들판을 그렸다 숲도 거닐고
꽃밭을 그렸다
나무도 올려보고
새도 그려보고 강둑도 서성이고

햇빛도 그렸다 눈도 비도 맞아보고
구름 속에도 들어가고
산에도 올라 보고
바다 위 걷기도 하고
아름다운 하늘을 날기도 하지
시는 요술쟁이

- '시는' 전문

시를 쓰는 사람들은 시제를 갖고 머릿속으로 이렇게 저렇게 떠올리고, 독창적인 표현을 하기 위해 몰입하다 보면 어느 순간에 탁 떠오르는 시상으로 머리가 환해지며 쾌감이 올라오는 경험을 하게 된다. 그런 쾌감이 자꾸만 시를 쓰는 동기부여를 제공하는 것이다. 두뇌학자들은 그때가 인간의 이성적인 사고작용을 하는 전두엽이 활성화 되는 순간이라고 한다. '소통과 힐링의 시'에서는 시창작이 두뇌의 이상을 일으키는 질병인 치매나 뇌졸중에 특효약이라는 하는 이유가 여기에 있다. 어렸을 때는 창의력을 키워 주는 두뇌개발을 위해서, 늙었을 때는 치매와 같은 각종 두뇌질병에 대한 예방과 치유를 위해서라도 시창작을 관심을 가져야 한다. 시인은 일찌감치 이것을 알고 숙제를 하듯이 시창작을 하며 노후의 행복을 추구하고 있다.

> 나의 영혼의 근육이 뭉쳐 있었다
> 영혼의 근육을 풀어 주는
> 시는 마음에 말랑말랑 영감을 준다
> 길 가다가도 바람소리에 내 영혼이 시바람에 젖어든다
> 봄 여름 가을 겨울 마음에 그림도 그린다
> 비록 시어를 제대로 표현하지 못해도
> 시는 내 영혼에 설렘과 기쁨을 준다
> 눈물이 시냇물이 되고 강물이 되고 바닷물이 되듯이
> 달빛 조각도 바라보면서
> 그리움과 시린 마음의 상처도 기억들로 정리를 한다
> 　　　　　　　　　　　　- '시와 나의 삶' 중에서

　　시인은 뭉쳐있는 영혼의 근육을 풀어준다는 신념으로 진술하고 솔직한 시창작을 즐기고 있다. 그러다 보니 시인에게는 세상에 그 어느 것도 시 아닌 것이 없다.

> 지하철 옆자리 아주머니가
> 생전 모르는 나에게
> 아들 며느리 이야기

속 터질 것 같다며 털어 놓는다

                              - '속풀이' 중에서

암 없지 없고 말고
딸 같은 며느리 없고 말고
지하철에 남겨둔 혼잣말
아직까지 윙윙

                              - '고부 사이' 중에서

　지하철에서 만난 옆자리 아주머니의 넋두리도 시가 되고, 고부
갈등을 털어놓는 새댁의 넋두리도 시가 된다. 공사 중임을 알리
는 공사 현장의 팻말도 시인을 거치면 다 영혼의 근육을 풀어주
며 '소통과 힐링'의 기쁨을 채워주는 시가 된다.

아파트 공사 중 현장 팻말을 보는데
먼지가 펄펄 뒤죽박죽 내리는 곳

내 마음이 이런 공사 중인
마음이었는데
그 분을 만났다
지금도 공사를 하면서 그 분과 함께 함께 걷는다
조금씩 조금씩 마음 먼지 펄펄 날리는 마음

그 분은 내가 가장 사랑하는 하나님이시다
내 마음은 언제나 공사 중
                              - '내가 사랑하는 것은' 전문

■□ 후기

집안 뜰 화단에서 초록 잎
한 장 따서 책갈피에 넣었습니다.
세월의 물든 단풍 잎새를 따서
주머니에 넣었던 이야기가
어느덧 꿈나무 되었습니다.

뜰안에서 아이들을 키우고 손녀들과 놀던 이야기가
거대한 가족의 숲을 이룬 안동권씨 문중의 은혜와
사랑으로 더욱 풍성한 열매를 맺었습니다.

늘 옆에서 힘이 되어주는
큰아들 작은아들 내외와 손녀들,
그리고 항상 든든하고, 용기를 주시는
문중이 있어 행복하고 감사합니다.

부족한 저를 사랑해 주신 이웃들과
친구들에게도 감사합니다.
목사님, 기도해 주셔서 감사합니다.
김윤지 사모님 책표지
예쁘게 꾸며주셔서 감사합니다.
끝까지 읽어주시고 함께 해주신
독자님들에게 감사합니다.

2022년 4월 봄에
신동희